増補改訂版

波濤

―近藤重蔵と息子富蔵―

久保田暁一

『波濤』の梗概

この歴史小説は、近藤重蔵守重《じゅうぞうもりしげ》とその息子近藤富蔵守真《とみぞうもりざね》の親子関係を軸にして、二人の波瀾に満ちた生涯の歩みを描いたものである。

重蔵は明和八年（一七七一）に江戸で生まれ、文政十二年（一八二九）に近江大溝の地で五十九歳で没しているが、蝦夷地探検の英傑として一世に名を馳せた人物である。最上徳内や高田屋嘉兵衛らと共にクナシリ・エトロフ島を探検、開発したことなどで注目されてきた。そして、五度にも及ぶ探検後に書物奉行に取り立てられていったのだが、剛直な性格から上司と対立し、また派手な別荘増築や女性関係、親子関係のもつれなどから躓いて左遷させられていく。

物語は、重蔵が五度目の探検をなしとげ、探検の英傑として脚光を浴びるところから書き始めた。そして最後は、幕府の罪人として大溝藩に預けられて生涯を閉じるところで終わる。

一方、息子の富蔵（幼名三穂蔵）は、父が母を離縁したことおよび父のスパルタ教育に反抗してぐれる。しかも恋した女性との結婚に反対されたので家を出、越後高田へ行き仏門に入る。しかし、父重蔵が左遷されていく悲運を知って三年後に父のもとへ帰ってきた。そして、父に命じられて別荘の管理に当たったのだが、無頼漢の地主と争い、地主一家七人を殺傷する大罪を犯してしまう。そのため、近藤家は改易となった上、富蔵は八丈島へ流罪。父重蔵は「監督不行届」の罪名で大溝藩預けとなった。

八丈島に流罪になった富蔵は、父を罪に陥れたことを悔い、生き抜いて父の墓前に参る事を悲願とした。富蔵は、現地の女と結婚し、苦難に耐えて働き、独学で学びながら『八丈実記』の大著を書いていく。これは八丈島の歴史・民俗を詳述した書物である。また罪人の身ではあったが、島の文化人とも目されるようにもなっていた。

富蔵が赦免になったのは、明治十三年（一八八〇）七十六歳の時であった。赦免になるや富蔵は、父の墓前に参るという悲願を果たすべく島を出帆して近江に向かった。そして遂に悲願を達成したのである。その後、富蔵は、再び島に帰り明治二十年（一八八七）八十三歳で生涯を閉じる。

このように、正に波瀾万丈の生涯を送った親子であった。が、二人は苦難に耐えながら生き抜き、それぞれ大きな働きをした。愛憎に彩られた親子関係ではあったが、その有り様と親子の絆は、現代人たる我々に考えさせ、訴えてくるものがある。題名を『波濤』とつけたのは、打ち寄せては砕け、打ち寄せては砕け散る波濤に二人の人生を重ね合わせたからである。

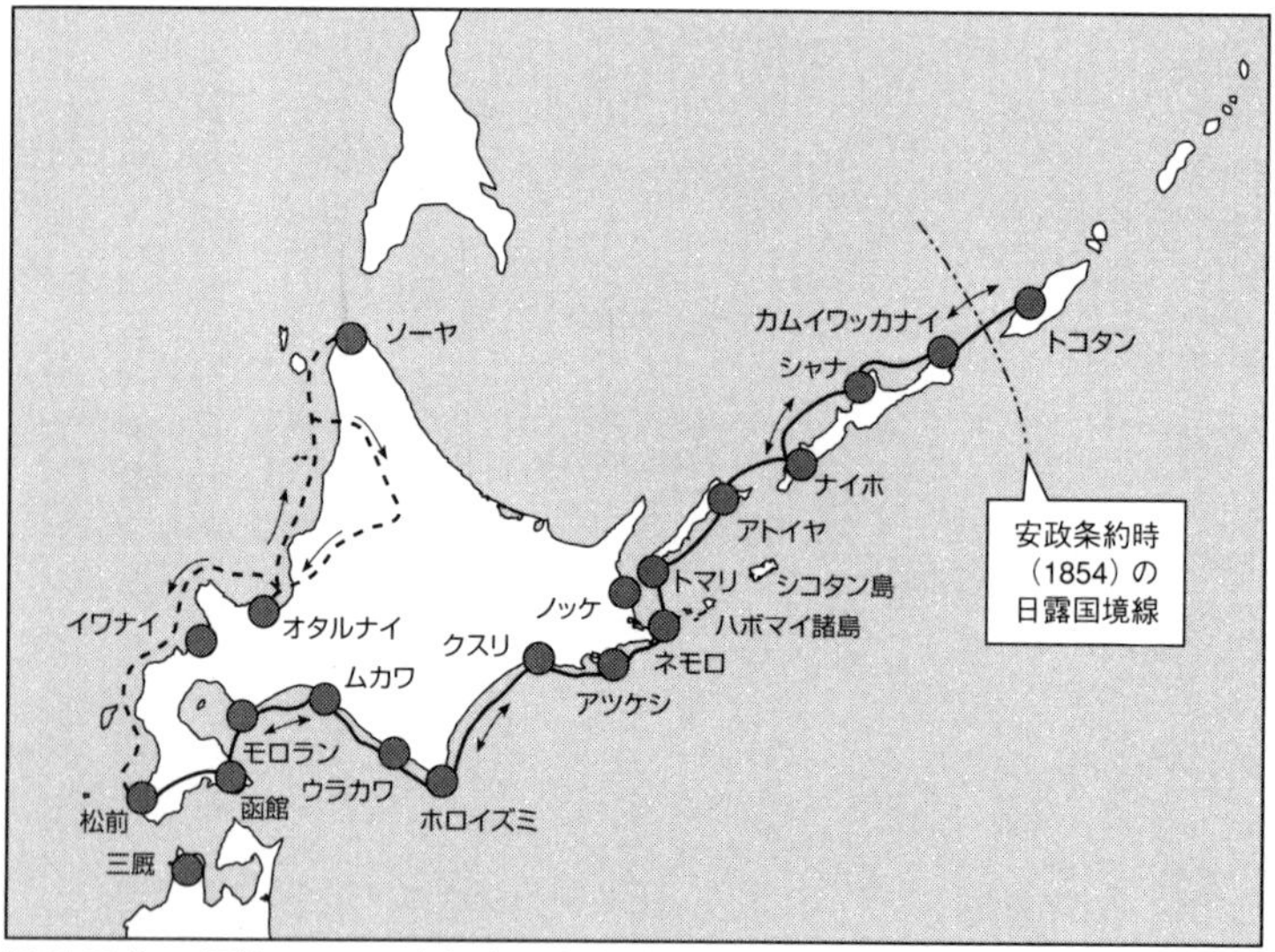

近藤重蔵の探検ルート（太線と太点線）

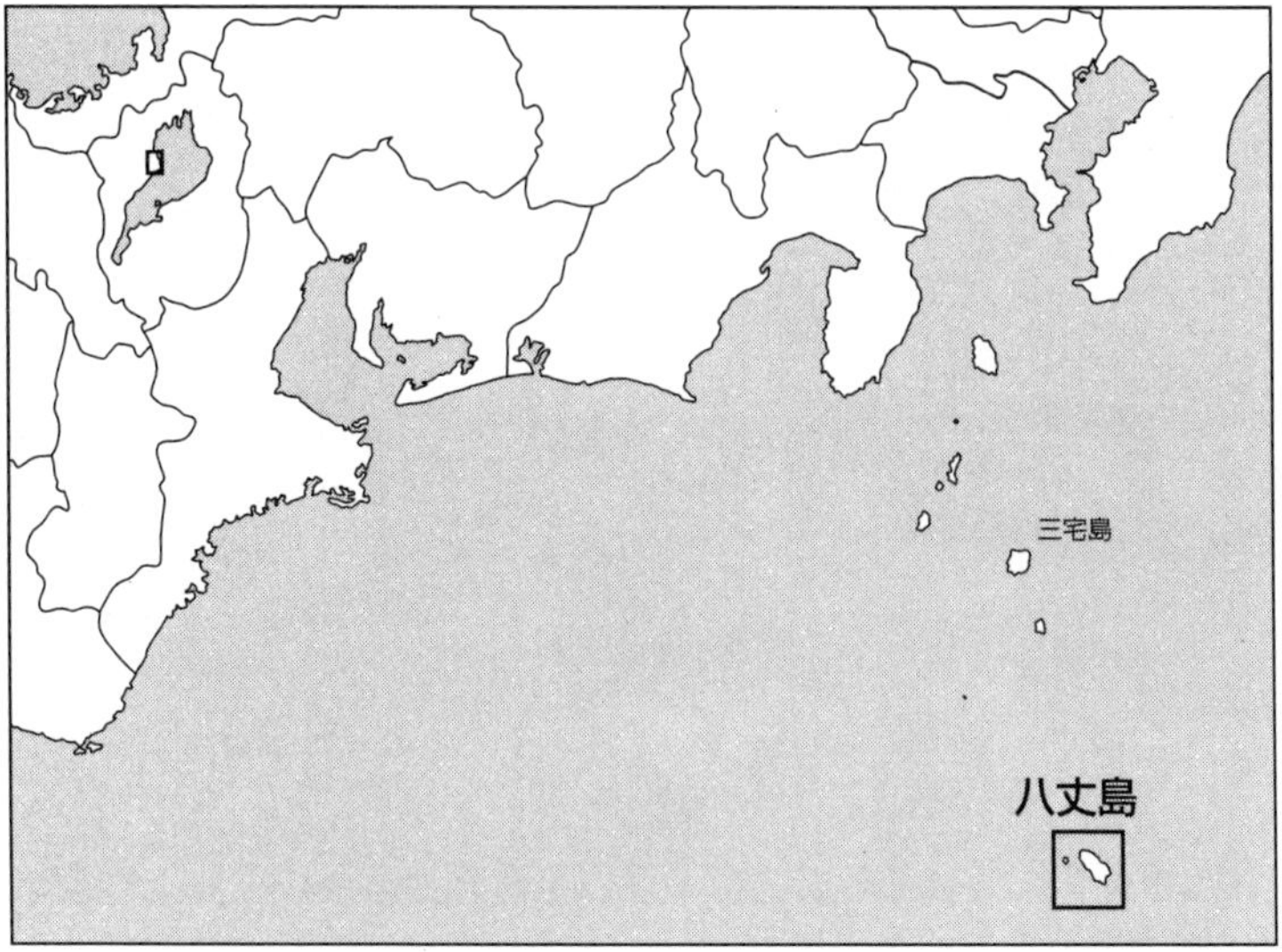

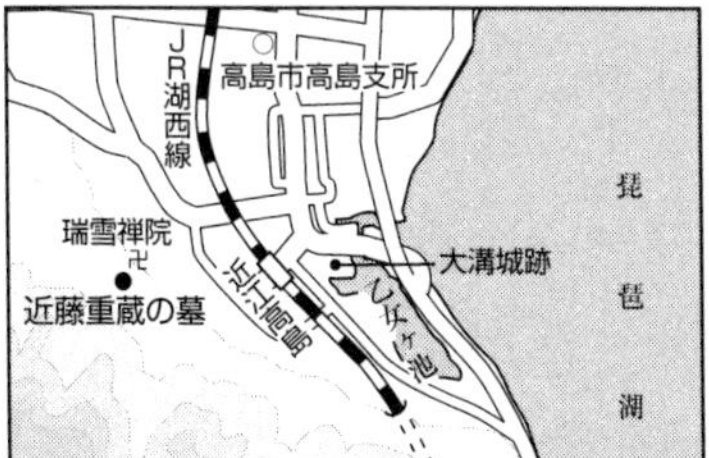

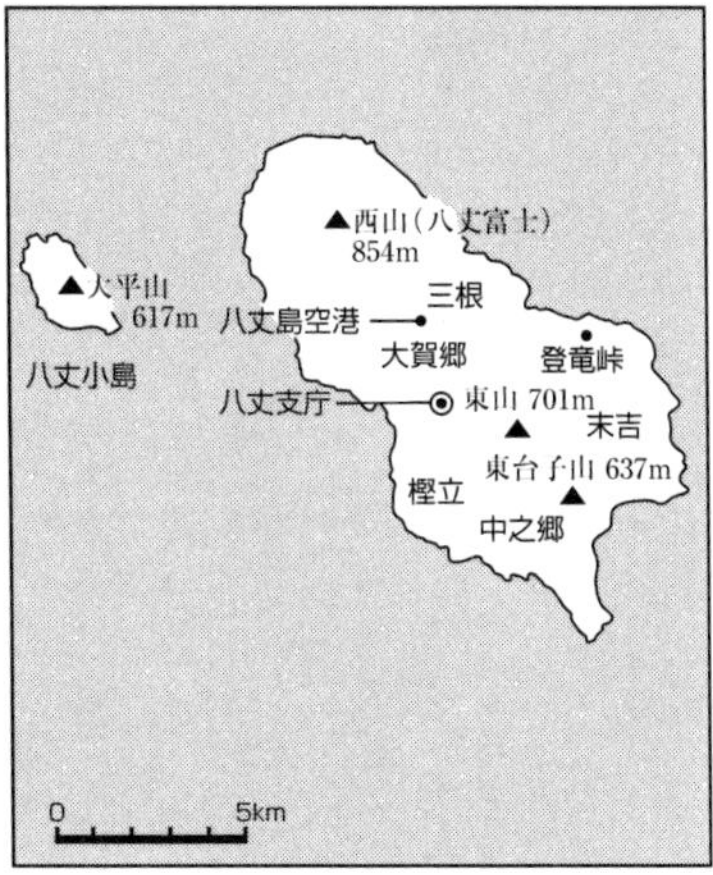

近江国大溝藩（現在の滋賀県高島市）　八丈島（現在の東京都八丈町）

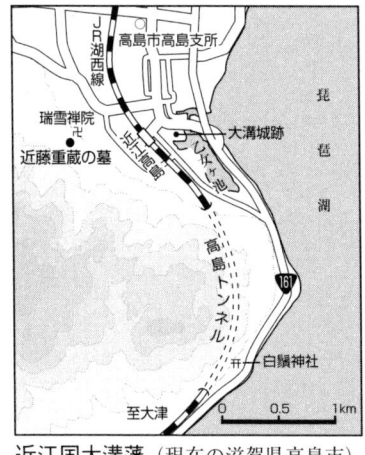

▲近藤重蔵墓所（瑞雪禅院）

目次

目次

一　探検の英傑

旗本武士近藤重蔵守重《じゅうぞうもりしげ》が、江戸城中の御右筆《ごゆうひつ》部屋に呼び出され、〈松前奉行出役に命じ蝦夷地御用として差遣はさる〉という若年寄堀田摂津守正敦《まさあつ》の令達を城内月番の土井大炊頭《おおいのかみ》から受け取ったのは、文化四年（一八〇七）六月六日であった。その時、重蔵は三十七歳、六尺豊かな堂々とした体躯には力が満ち溢れていた。

（再び蝦夷地へ行けるのだ。四ヶ年余、小普請という閑職に無聊をかこってきたが、再び蝦夷地へ行けるのだ……）

重蔵の血潮は湧き立ち、希望が大きくふくらんだ。

重蔵は、寛政十年（一七九八）から享和二年（一八〇二）の間に四回にも及ぶ東北蝦夷地の探検をし、国後島・択捉島までも出かけていた。幕府は、身命を賭して探検に当ってきた重蔵を慰労する意味もこめて、蝦夷地探検後、本高百俵、足高百二十八俵二斗の年俸と御役扶持十五人附の小普請方に命じてきた。

しかし、蝦夷地の防備と開発をめぐって事態は風雲急を告げていた。

重蔵が松前奉行出役を命ぜられた前年の文化三年（一八〇六）九月に、露艦の船長ニコライ・アレクサンドロビィッチ・ボストーフとガウリル・イワノビィッチ・ダビドーフが、二艘の軍艦を率いてサハリン（樺太）の日本人施設を襲い、日本人の守兵四人を捕虜にすると共に、施設や船を焼き、食糧を奪った。さらに翌文化四年四月、択捉島のシャナ（沙那）の日本人番所を襲って放火、日本人を捕虜にするなどの蛮行を行った。その上、利尻島までも襲い、松前藩の官船禎祥丸や万春丸、商船宜幸丸、その他の千石船も襲って積荷や武器などを奪った。これに対して日本側は、防備に当たっていた南部・津軽の藩士三百人が応戦したが敗退し、択捉島の防備に当たっていた箱館奉行調役下役元締戸田又太夫は、責任をとって自殺した――この知らせが箱館奉行羽太正養《はぶとまさやす》から幕府に注進されたのである。

露艦は北蝦夷地を荒した後に引揚げて行ったけれども、いつふたたび来襲してくるか解らないし、いまのままでは警固があまりにも手薄なことは明らかであった。江戸の城中では、幕閣たちが深刻な面持ちで協議を重ねた。

「困ったことになったものじゃ。十四年前のことを今さらとやかく言っても仕方がないが、追い払うためとはいえ、ラックスマンに信書を与えたのはまずかったのう。これが今回の事件の遠因になった……」

老中筆頭の松平伊豆守信明は一同を見回して言った。重苦しい、気づまりな空気が幕閣のあいだに流れた。

十四年前の寛政四年（一七九二）、エカテリナ女帝の命を受けたアダム・ラックスマンが漂流民の大黒屋光太夫と磯吉を伴って根室に来航し、通商を求めた。そのとき、幕府は、石川左近将監《しょうげん》忠房と村上大学義礼を松前に遣わしてラックスマンと談合させた。が、鎖国政策を理由にして通商を断わるとともに、通商外交のことは全て長崎で扱う旨の信書を与えて追い返した。その当時、幕府の対外姿勢は事なかれ主義的であり、『三国通覧図説』と『海国兵談』を著わして国防の必要性を力説した林子平を幕政批判の廉で捕え、子平は寛政五年に幽閉中に死んでいる。

しかし、十余年後の文化二年（一八〇五）ラックスマンに与えた信書を持って、ボストーフとダビドーフの上司であったニコライ・レザノフがふたたび通商を求めて長崎にやってきたのだ。この間、幕府は蝦夷地の警備と開発に力を入れ出し、石川忠房や大河内善兵衛政寿《まさこと》、三橋藤左衛門成方《なりみち》、近藤重蔵、間宮林蔵、村上島之丞、高田屋嘉兵衛、最上徳内等等を蝦夷地に派遣したり、享和二年（一八〇二）にそれまで松前藩に任せきりにしていた東蝦夷地を幕府の直轄地にし、箱館に奉行所を設置したりしてきた。

しかし、レザノフが信書を持って長崎に来航して通商を求めたので幕府は驚愕し、目附の遠山景晋《かげみち》を長崎に派遣、長崎奉行の肥田豊後守頼常とともにレザノフと折衝させた。しかし、レザノフは上陸を許されず、五ヵ月も船上で待たされた挙句、目的を果たし得ず、幕府の不信行為に憤激しつつ帰国の途についた。その腹いせにレザノフは、帰途宗谷に上陸して北蝦夷地を測量して帰ったが、不幸にして病に冒されてシベリアの氷原で急死してしまったのである。レザノフの部下であったボストーフとダビドーフが来襲してきたのは、その復讐のためであった。

事態の成行きは、列座した幕閣たち、殊に石川将監忠房の心を重くしていた。いまは幕府の勘定奉行となっていたが、忠房はラックスマンに信書を与えた張本人であったばかりでなく、ラックスマンの来航に刺激されて、幕府が蝦夷地の警備と開発に力を入れ出して以来、蝦夷地取締御用としての要衝にあったこともあって、その責任をいっそう感じていたのである。

松平伊豆守は決断するように言った。

「しかし、いかなる事態になろうとも鎖国政策は堅持しなければならぬ。ついては、蝦夷地の防備と開発をより確かなものにするとともに、警備を手薄にしていた松前藩の責任も問わねばならぬ」

列座した老中や若年寄および関係の奉行たちは頷いた。

協議の結果、東西蝦夷地を幕府の直轄地にすることに踏みきり、松前藩主若狭守章広《あきひろ》を陸奥梁川九千石に移封するとともに、防備が不充分でロシア人に荒された責任をとらせて前松前藩主大炊助道広に蟄居を命じた。

さらに、警固をより堅固にするために箱館奉行所を松前奉行所とし、羽太正養に命じて奥羽四藩（盛岡、弘前、秋田、庄内）の各藩からの警備兵を増員させ、箱館、根室、国後、択捉、宗谷等の警備に当らせることになった。その防備総督のために、若年寄堀田摂津守正敦を総師とし、目付中川飛騨守《ひだのかみ》忠英を補佐役として蝦夷地に派遣することを決定した。石川忠房はその衡からはずされた。

重蔵が松前奉行出役として、ふたたび蝦夷地へ赴くように命ぜられたのは中川飛騨守忠英の推挙によるものであった。忠英は、重蔵が寛政十年に蝦夷地御用として蝦夷地探検に出る前に長崎奉行出役として二年余り勤めていた時の奉行であり、重蔵の研究熱心と積極果敢さを高く評価していた。

重蔵は長崎奉行出役時代にオランダと清国の船や外人に接して得たことに基づいて、『清俗《しんぞく》紀聞』『安南《あなん》紀略』『紅毛書』等の書物を著わし、日本を取巻く外国の動向に深い造詣を示していた。そして、諸外国、特に北方のロシアから日本がねらわれているのを痛感し、みずから願い出て蝦夷地探検に加えて貰った程であった。

松前奉行出役に命ぜられた翌六月七日、重蔵は松前若狭守章広の江戸屋敷へ赴き、前藩主松前道広《みちひろ》に会った。

蟄居中の道広は、蝦夷地の状況に心を痛め、幕府の直轄地にされた蝦夷地への愛着には並々ならぬものがあった。

重蔵は、これまで手薄だった兵員・設備の状況をできる限り聞きとるとともに、自分の意見を憶せずに述べた。道広が公収された蝦夷地に深い愛着を持つのは無理もないとは思ったが、重蔵は悪びれず言い放った。

「察しまするに、松前様は蝦夷の地をばお離れになられてさぞやお寂しいこととは存じますが、幕府の蝦夷地直轄は日本国のために不可避のことかと存じます。かねてから私はそう信じ、三年前に『辺要分界図考』をまとめ、蝦夷地および周辺の国の地理風俗などを明らかにして警固の必要を説いて参りましたし、また御老中に『西蝦夷地土地処分方並びに取締に関する建具』を差し出してもきました。風雲急を告げる今日、私利私欲を殺して大義に生きるべき時かと存じます」

蟄居中とはいえ大名に意見する重蔵の筋の通った言葉に、道広は内心「こやつ、たかがこっぱ役人の分際で」と思ったが、正面きって反撥することができなかった。

出発は六月十五日と決定した。その二日前の夜、重蔵は、日野大納言の落胤である雅楽《うた》姫を抱いた。

昨年、重蔵は雅楽姫を見染め、これまでの探検の功と金品に物を言わせて、日野大納言の妾であった雅楽姫の母親を口説き、姫を囲ってきたのであった。

しかし家では、正妻の媒子《うめこ》が待っていた。媒子は、幕吏上原金之丞の娘であり、重蔵とは五年前に結ばれていた。一昨年の五月に長子の三穂蔵を生んでおり、律儀で地味な妻であった。舅の守知と姑の美濃にもよく仕えていた。

だが、何ごとにつけても派手好みで精悍な重蔵には、媒子の地味な起居振舞いと、重蔵の女関係を口にこそ出さなかったが正妻として監視しているようなよそよそしさが、気に障っていた。芸妓との遊びにも事欠かなかった重蔵である。それに媒子の細身の身体は雅楽姫と比べて硬く、何かに耐えているように感じられ、重蔵には物足りなく味気なかった。

「三穂蔵の養育をしっかりと致せ」

重蔵は、出発の前夜、三歳にしては身体の大きい三穂蔵を見つめながら、媒子に厳命するように言った。

「はい、精いっぱいにつとめます」

媒子は、かしこまってこたえた。

翌朝、重蔵は、同僚の田草川伝次郎と山田鯉兵衛らとともに先発隊として江戸を発った。探検調査の総師堀田正敦と中川忠英らの一隊は、後発隊として六月二十一日に出発の予定と決まっていた。

鯉兵衛は、寛政十一年（一七九九）三月から同年十二月にかけての第二次探検において、重蔵と共に松前、浦河、根室、国後島、択捉島へ行き、択捉島の開発に努めた旗本である。田草川伝次郎も探検心に富み、後に『蝦夷日記』を書いている。幕府は精鋭をよりすぐったのである。

一行は六月二十六日に無事箱館に到着し、松前奉行所で堀田正敦の到着を待った。箱館では、警備に当たる秋田の佐竹藩士たちが役所へ出る時も陣羽織を着用し、戦争直前のような重苦しい状況になっていた。

八月に入り、重蔵は利尻島へ派遣巡視を命ぜられ、田草川伝次郎と山田鯉兵衛は奉行所に留って正敦のもとで働くことになった。八月七日、重蔵は、江戸から同道してきた腹心の部下宮本源次郎のほか二人の部下と、利尻島警固の加勢に向かう会津藩士十数名を率いて出発した。

稚内から利尻島に向う日本海は大波がうねり、前方には深い霧がたちこめていた。船は前後左右に大きく揺れ、空を飛ぶカモメたちも風に抗して懸命にはばたき、もがいているようであった。

しかし、重蔵は航海に慣れており、平然としていた。寛政十年四月から翌年の十一月にかけて行われた第一回目の探検で、重蔵は厚岸から国後島へ行き、さらに択捉島へ渡った。その西海岸を廻って宗谷へ向う大河内善兵衛政寿麾下の別動隊長として行動したのである。そのとき、すでに択捉島への渡航を体験していた最上徳内と、水戸藩出身の探検家下野源助（本名木村賢次）や村上三郎右衛門らと一緒であった。その探検で重蔵は名声を博したのだが、それはまさに命がけの探検行であった。

　重蔵や徳内らが、国後島北端のアトイヤから択捉島へ渡る時、船を漕ぎ出した暁方には穏やかに凪いでいた海が、途中で怒涛さかまく荒海となり、船は木の葉のように奔弄された。一同は船べりを握りしめ、顔は緊張してひきつっていた。櫓を漕ぐ六人のアイヌも思わず船底につかまろうとしていた。

　そのとき、重蔵は、一同が唖然と見守るなかで着籠《きごみ》姿になって覚悟のほどを示し、悲鳴をあげているアイヌたちを叱咤した。

「命ある限り櫓を手離すな。死力を尽して漕ぐのだ」

　大波のために重蔵はよろめいたが、どっかと坐りこんで、アイヌからは眼を離さず、舟の行く手を見つめていた。

「ほう、さすがだな。ここを戦場として死ぬお覚悟でござるな」

　徳内がにっこり笑った。

　さすがに徳内は落着いていた。重蔵と徳内の泰然とした姿が一同を励まし、遂に荒海を乗りきる力を与えた。そのときの決死の覚悟を重蔵は、備中の友人古河古松軒に出した手紙の一節で、「たとひ死して骸《むくろ》を魯西亜外国に暴し候とも、我が国の香を残し申すべしと、着籠《きごみ》を着し、渡海致し候」と後に書いている。

しかも二人は、目的の択捉島に着いて島内を巡視した際、度々択捉島を訪れていたロシア人イジュヨゾフが建てておいた十字架を押し倒し、丹《たん》根《ね》萌《もえ》の丘に、高さ六尺七寸、幅六寸余の標柱を建て、日本人としての意気を示した。重蔵は、下野源助に命じて次のように書かせた。

（表）
寛政十年戊午年七月
大日本恵登呂府　近藤重蔵　最上徳内

（裏）
善助　金平　孝助　唐助
従者下野源助　釜助　阿部助　勘助
只助　太郎助　武助　藤助

善助以下の名は、同道したアイヌたちの日本名である。

そのときの思い出が利尻島を目指して進む重蔵の脳裡に鮮烈に甦っていた。重蔵は徳内の姿を懐かしく思い浮かべながら呟いた。

〈あれから、はや十年になるのだな……〉

その頃、徳内は幕命により、樺太・西蝦夷地の状況を探索するために歩を進めていた。

稚内を出港してから六時間後、前方に低く白雲が垂れこめ、山腹まで雲におおわれた利尻富士の姿が眼に映じた。

「源次郎、利尻島だぞ」

重蔵は日焼けした鋭い目付きの顔を柔らげて、腹心の部下に声をかけた。

「無事に着きましたな」

源次郎は、筋肉の引締った屈強な長身を乗り出すようにして頷いたが、目はじっと前方を見つめていた。

会津藩士たちは利尻島に近づくにつれて緊張の度を高めていた。彼等はすでに島で警備に当っている七十余名の会津藩士たちと合流し、そこでこれからの歳月を過すのである。

「利助、金助、武作、酒吉たち、ご苦労だったな」

船が利尻島の鴛泊《おしどまり》に着いたとき、重蔵は櫓を漕いできたアイヌたちを日本名で呼んでねぎらった。

アイヌたちは彫りが深く髭におおわれた顔をほころばせた。

重蔵は父から贈られた兼光の愛刀をしっかりと腰にさし、いつでも抜刀できる態勢で上陸した。

しかし、利尻島の海岸では何ごとも起こらなかった。重蔵たちの頭上では、天空高く多くのカモメたちが乱舞し、一行は警備に当っていた会津藩士の出迎えを受けた。久しぶりに朋輩たちを迎えた藩士たちは、抱き合うばかりにして郷里の消息を確かめ、互いの無事を喜び合っていた。


利尻島は東西約四里、南北約四里半あり、海岸には、波に洗われてできた大小さまざまの奇岩が突出していた。そして海岸に迫っている利尻山には高山植物が密生し、いかにも波濤と寒風の厳しい自然に耐えているような北海の孤島であった。

会津藩士たちは、全島の要所要所に分散して粗末な小屋に住み、寒さと孤独に耐えて警固の任に当っていた。昨年ボストーフたちに襲われた番所は建てなおされてはいたが、警備そのものが手薄であった。それはこの島の姿に似て貧しく、うらぶれた光景だった。いまのままでは危い、露国が侵攻しようと思えば容易なことだ、と重蔵は痛切に思った。

重蔵たちは、会津藩士たちの労をねぎらいつぶさに利尻島を一周して廻った。利尻山の頂上に登った時は、めずらしく晴れわたっていた。頂上からは北に礼文島、東に宗谷半島が紺青の日本海の彼方にうっすらと見えた。前年、この海で貞祥丸が露艦に襲われているのだ。

「いまのままでは蝦夷地の防備は全く心もとない。会津藩がこの島を守るために駐屯してくれてはいるが、近代兵器と装備をもったオロシャ（ロシア）が大挙して侵攻してきたら、礼文や利尻はおろか、蝦夷地全島があぶない」

重蔵は左手で刀の柄を、右手は拳を握りしめて源次郎に言った。重蔵の血潮はたぎっていた。

「同感でございます。このことを堀田正敦様に御報告せねばなりませんな。日本国は今や、諸外国にねらわれていることがよくわかります」

「源次郎、拙者はこの島からの帰途に西蝦夷の奥地を探索しなければならぬと思う。将来の蝦夷地の開発と警備の対策を立てるために、放置されている蝦夷の奥地を探索したいと思う」

重蔵は、きっと利尻水道の彼方を見つめた。

利尻島の調査と会津藩士の督励の任を終えた重蔵たちの一行は、稚内をへて宗谷に帰ってきた。宗谷でも、南部・津軽の藩士たち三百名ばかりが防塁を築いて警備態勢をとっていた。しかも両藩は、国後・択捉島へも藩士を派遣すべく奉行所から命ぜられていた。

重蔵は中川忠英と堀田正敦の許可を得、源次郎とアイヌ数名を率いて天塩川沿いに奥地へさかのぼって行った。

重蔵は一昨年、『辺要分界図考』を著わし、その中で「樺太の奥地は満州山丹と地続きなり」と書いていた。その樺太から大挙して侵攻されることを恐れたのだ。そのための防備策としては、国後・択捉島・利尻島・礼文島や宗谷・箱館等の点在的な防備だけではおぼつかないと考えていた。利尻島の視察で、その思いを深めてきた重蔵である。しかし、蝦夷地の奥地は全く未開のままに放置されており、原生林が繁茂して道はなく、歩くことさえ容易なことではなかった。重蔵たちは、方向を見失わないために天塩川に沿って川岸の岸石に掴って歩を進めたり、密林の間を掻き分けたりして進み、夜は野宿を重ねて上川盆地に達した。そこから、石狩川をアイヌが作った舟で下ろうとした。蝦夷地の冬は早い。上川盆地の奥地は寒く、風雨に見舞われたときなどは、生きた心地がしなかった。

利尻島からずっと付き添ってきたアイヌたちは、石狩川の急流を舟で行くことは危険だと主張し、重蔵の無謀さに尻込みをした。しかし、このときも重蔵は大刀を握りしめ、断固として実行する意志を伝えた。

重蔵の気魄に恐れをなしたアイヌは、気のすすまぬまま重蔵の命に従った。舟は石狩川の急流に奔弄されながら下った。木の葉のように流れに身を任せた舟は右に左にと大きく傾き、今にも岩かどに激突するかと思うと、次には、岩礁に乗り上げようとした。擢を持つアイヌたちは必死で舟を操った。

重蔵と一蓮托生の肚であった源次郎は、船首に座って前方や左右に気を配りつつ指図し、重蔵は、船尾に座して船頭を励ましていた。やがて、舟は神居古潭《かむいこたん》にさしかかった。そこは、曲りくねった水路と急流に加え、両岸に相対峙する奇岩が続く難所で、アイヌたちは魔神の住む所として恐れていた。

岩に激突するのを避けようとしたとき、舟は急流の深みに入り、水圧を受けて「あっ」という間に傾き、転覆してしまった。川幅は約七、八十間はあった。幸いにも六人は舟にしがみつくことができた。さしも屈強のアイヌたちも悲鳴をあげ、眼は血走っていた。重蔵も必死だった。源次郎は、一人のアイヌを抱えこむようにして支えていた。

舟は百間程流された末に、一方の岸の岩と岩の間に乗り上げてしまった。一同は九死に一生を得て、辛うじて溺死を免れることができた。しかし、携えてきた糧米などはことごとく失っていた。そのため数日間、重蔵たちは米の代りに魚を獲って食べ、飢えを凌がねばならなかった。

こうした難苦に耐えて、重蔵は遂に石狩の河口に達することに成功した。

さらに重蔵は、石狩からはるか札幌の大原野を探索しながら小樽に出、手稲の内部も踏査した。実に歩くこと百八十里に及ぶ探検行であった。

苦難に満ちた蝦夷地探索で重蔵の眼光はますます鋭さを増し、北辺の風雪に鍛えられた彫りの深い顔は黒光りして、六尺の身体と相まって異様な気魄を発散していた。若い源次郎も精悍さを増し、重蔵の眼に頼もしく映った。

だが、この探検は、重蔵に貴重な確信をもたらした。天塩川から石狩川に至る奥地および札幌の大平原の地勢を見極めた重蔵は、石狩川を利用すれば蝦夷地全島の要地に達することができること、また蝦夷地支配の中心地としては現在の箱館では南方に位置しすぎ、統轄地としては石狩川下流の札幌か小樽が適していること、したがってそこに注目して全島の防備と開発を進めるならば、最も効果的であるという確信を持ったのである。しかも、防備に当る者は諸藩だけではなしに、全島各地に陣屋を設け、大砲等を備え、アイヌ人を訓練して防備に参加させるべきが可と考えた。

重蔵は、その年の十一月九日、松前に戻ってきた。

同じ頃、堀田正敦、中川忠英らはすでに箱館や松前等の巡視を終えて、江戸に帰っていた。宗谷を探索した田草川伝次郎と山田鯉兵衛も帰府していた。

一行より遅れ、重蔵が江戸に戻ったのは十二月八日であった。

重蔵が西蝦夷地を奥深く探索したことは、すでに将軍家斉の耳にも入っていた。重蔵は北地探検の英傑として迎えられた。それには中川忠英の後楯もあったが、何よりも露艦侵攻の事件が幕閣たちに危機感を抱かせ、防備と開発の必要性に迫られるという状況によるものであった。

七日後の十二月十五日、重蔵は江戸城へ呼び出され、御白書院御納戸構において将軍家斉との謁見を許された。このとき家斉は重蔵より二つ下の三十五歳であり、一妻四十妾に生ませた子供は五十六人、何事にも華美驕奢が目立つ将軍であった。しかし、蝦夷地の防備と開発には少なからず関心を抱いていた。

寛政四年（一七九二）にエカテリナ女帝の命を受けて、アダム・ラックスマンが通商を求めて根室に来航してきた。そのとき、ラックスマンは、遭難してロシアに十年間保護されていた神昌丸の船長大黒屋光太夫と磯吉を伴ってきて、二人を幕府の役人に引渡した。十年間にわたる外国での生活で、光太夫と磯吉の姿はすっかり日本人離れして、髪は三つ組で後ろに垂らし、ボタンのついた筒袖の外衣にズボンを身につけていた。家斉は、その二人の姿を珍しい動物を見るように面白がって謁見した。そういう型破りな性向を持った将軍であった。

「西蝦夷地を探検調査したるところを、御申言致せ」

老中に促され、重蔵は平伏しながら、天塩川から石狩川にわたる探検時の様子や地勢などを説明した。札幌地帯の重要性についても力説した。家斉は深い関心を示すようにときどき頷きながら、重蔵の探検話を心地よさそうに聞いていた。

重蔵は、さらに書面で詳しく西蝦夷地の状況をしたためるように命ぜられ、数日間没頭して『総蝦夷地御要害之儀ニ付心得候趣申上候書付』を書きあげて提出した。これに対して幕府は重蔵の労をねぎらい、金一枚を賞賜した。

重蔵は得意満面であった。自分の持つ力が存分に発揮でき、しかも将軍の面前でそれが認められたことが、何よりも喜びであり、誇りであった。

(わしは蝦夷地探検の第一人者なのだ。余人の真似できないことを為し遂げてきたのだ)

重蔵の自負は強まっていた。

蝦夷地から戻って以来、重蔵は本妻の媒子をかえりみず、雅楽姫のもとに通うことが以前にも増して多くなった。それは北地探索の労苦を愛妾のもとで癒そうとする姿とも見えたが、反面では得意の絶頂にある重蔵の、他人の思惑に左右されない剛直さと図太さの表われでもあった。雅楽姫は重蔵の子を身ごもっていた。

一方では、媒子との間に生れた長子の三穂蔵は順調に育っていた。

重蔵の身辺は、媒子との仲が冷えきっていく点を除いては、全てが順調であり、探検の英傑として前途は栄光に輝いているかに見えた。

しかし、重蔵の功績と華やかさを妬み、快く思わない者も少なくはなかった。特に第一次探検に同行した村上三郎右衛門は、重蔵のみが脚光を浴びていくことに強く反感と憎しみを抱いていた。

二　抜擢

文化五年（一八〇八）二月、重蔵は城中へ出頭を命ぜられた。五度目の探検を終えてから江戸に留って、今日まで松前奉行手附出役の役職で勤めてきた。

城中の御用部屋には老中が座り、若年寄が中侍座して居並んでいた。重蔵はそこで土井大炊頭から、新たな辞令を受け取った。

〈御書物奉行に命ぜらる。御足高はこれまでの通りとし、かつ、並の通り御役扶持を下される〉

重蔵は平伏した。重蔵の彫りの深い顔は感激で赫らみ、全身に喜びが溢れた。

「有難くお受け致し、相い勤めましてございます」

書物奉行は幕府の紅葉山文庫の図書の出納保管をつかさどる仕事で、若年寄の支配下に属し、他の三人の書物奉行とともに勤めることになった。重蔵としては、できれば、引き続いて探検関係の役職について腕を振るいたい気持が強く、書物奉行はその希望にそぐわなかったけれども、この昇進は異例の抜擢と言えた。

異例と言えば、五度にも及ぶ蝦夷地探検を為し遂げたとはいえ、前年の将軍との単独謁見といい、今回の書物奉行への昇進といい、異例ずくめであった。しかし、重蔵は他人の意向など全く気にかけていなかった。書物奉行として名声を博し、日々多数の書物に囲まれて、博識を深めて行くことができるのが嬉しかった。

その後、重蔵は、父守知と母美濃、および、この春後妻となって入籍した雅楽姫に囲まれて祝杯を受けていた。一家で団欒するのは実に久し振りのことであった。

探検に明けくれたある日、重蔵は江戸の友人あてに「五年の間、在宅僅か十ヶ月、親の温情も欠け候と雖も、忠孝両全せず。此一事少々懸念而已《けねんのみ》に候」と書いたことがある。五度目の探検を終えてからも、重蔵の身辺は多忙であった。蝦夷地探検の報告や妻媒子との離縁などで慌しかった。

父守知は、孫の三穂蔵を不憫に思い離縁には反対であった。

「妾を囲うのはよいが、媒《うめ》を離縁にまでする必要はなかろう」

だが、重蔵は一徹であった。

「性格の合わざる女を妻としておくわけには参りませぬ」

いったん言い出したら後には退かない重蔵である。媒子は、とりすがる三穂蔵を姑の美濃に託し、青ざめ泣きぬれた顔で去って行った。その後にきた雅楽姫に対して、初めのうち守知も美濃も冷たかった。三穂蔵の世話も二人が主だってやっていた。

しかし、雅楽姫はよく耐えて舅と姑に仕えた。ふくよかな顔に笑みを湛え、従順に仕えていた。

「旦那様、御書物奉行の御大役、おめでとうございます」

雅楽姫は腹部の目立ってきた全身に喜びを湛え、重蔵の杯に酒を注いだ。膳には雅楽姫が心をこめて準備した大鯛がそりかえっている。

「生命を賭して尽してきたことが認められたのじゃのう、お前の博識を磨き、より力を発揮する時がきたのじゃのう」

守知は上機嫌であった。

先手与力という低い身分で終ったが、号を知新庵と称し、千家茶道に通じて門弟にも教え、同時に砲術にも秀れていた守知である。自分が望んで果せなかった栄達の夢を、わが子が果してくれるのが嬉しいのだ。重蔵が幼い頃から書物に親しみ、十七歳で「白山義塾」を開いて在所の子弟を教え、湯島聖堂で行われた学問試験に最優等で合格して長崎奉行出役に登用され、書物奉行にまで栄進したわが子がたのもしかった。

（しかし、重蔵は怒涛のような男だ。時と所を得るときには大いに力を発揮するが、それを失えば砕け散る男だ。何にせよ、妥協を知らない一徹者だからな。媒子を離縁した時のように……）

一瞬、守知の胸中に不安が走った。しかし、守知はその不安を払いのけ、皺のいった丸顔をほころばせていた。

「新しい邸宅もできることだし、めでたいことよのう」

いま住んでいる駒込鶏声窪《けいせいくぼ》のこの家は、建築中の大伝馬の蠣殻《かきがら》町に新宅が完成しだい引払って、移住することになっていた。

美濃は、守知の下座で上品な枯れた顔に微笑みを浮かべ、五歳になった三穂蔵が黙し勝ちに食事をしている姿を見つめていた。

「私はやるぞ。人のできぬことをやりますぞ。私のように長崎から蝦夷地まで日本六十六州を踏破し、かつ、書物を著わしてきた者は日本広しといえどもそうはいない。忠勤に励んで御書物奉行としても余人には真似のできない力を発揮いたしますぞ」

重蔵は誇らしげに言った。すでに酔いのまわった顔は赫くなり、内から力がこみ上げ、それが全身に奔流していた。夜は更け周囲の武家屋敷は静閑としている。しかし、重蔵宅では張りのある華やいだ空気が晩くまで満ちていた。

四月に蠣殼町の新宅に移って間もなく、雅楽姫は長女藤《ふじ》を生んだ。母親に似て柔和で、ふくよかな感じの子であった。

移り住んだ新宅は、三五〇坪もの宅地がある大邸宅であった。柱は一尺二寸の欅、棟は同じく欅の四間ものを用い、門は長さ一〇間、横二間の長屋造りにし、表門には侍小者の部屋があった。そのほかに、茶の間、炊屋、女部屋、浴室、三間と二間の土蔵および、別宅があった。庭には築山と泉水、井戸、あずまや等が設けてあった。身分不相応な程の豪荘である。しかし、重蔵がこのような大邸宅を造ることができたのは、蝦夷地との交易を願う商人たちや現に交易に関係している者のほか、重蔵の名声を慕って絶えず訪れてくる者たちの援助があったからである。そして重蔵は、何ごとにも徹底せずにはすませない気質を発揮し、他人の思惑などを無視して大邸宅を造りあげたのである。

重蔵は二階建の土蔵に「擁書城」と書いた額を掲げた。その二階には、多数の書物をびっしりと並べ、三間ばかりの床の間も設けてあり、一階には蝦夷地から送られてきた物や弓矢の武器などが並べてあった。

この擁書城へ高田屋嘉兵衛、谷文晁、深山要右衛門、平山行蔵、菅茶山《かんさざん》など、多数の名士のほか商人たちが訪れてきていたが、一方では、「分不相応なことをしよって」と裏で非難する者もあった。勘定奉行の石川忠房や、村上三郎右衛門などは事あらばと重蔵の出過ぎた振舞いに眼を光らせていた。

重蔵は書物奉行として、長崎半七郎元貫《もとたか》、野田彦之進成勝《しげかつ》、増島藤之助信道らの先任の書物奉行とともに仕事に精を出した。

紅葉山書物蔵は三棟あり、そこには徳川家康以来の外交・政治・経済・歴史等に関する文書と書物が収められていた。重蔵は、それらの書の整理と分類、保管等に当りながら、片っぱしから関心のある書物を読んでいた。昼夜をわかたない精励ぶりであった。参考とすべき書は邸宅に持ち帰り、謄写することも怠らなかった。

重蔵のその精励と精力の絶大さには、他の三人の書物奉行も驚かざるをえなかった。書物奉行の中では重蔵が一番年が若く、三十八歳で生気に溢れていた。それに比べ、最年長の野田彦之進は六十九歳の老人であった。次いで増島藤之助が六十四歳、長崎半七郎は四十五歳である。三人は学問こそあったが、重蔵のように蝦夷地探検の経験はなく、野田彦之進を筆頭にして、いずれも学者然とした穏やかな人物であった。

やがて重蔵は、『金銀図録』の執筆にとりかかった。

重蔵はこの著述にとりかかる意図として、「近年下々困窮に及び、日用衣食住に難儀仕り候ものも尠なからず候。右は畢意近来銭相場下直に相成り候につき……」と書いている。

そして、経済学者としての姿勢で物価騰貴と金銭価値の下落との関係や、金銀通貨小判の変遷などについて、紅葉山文庫にある資料を駆使して執筆を進めていた。と同時に、蝦夷地への関心を依然として深く持ち、それに関する資料の蒐集も怠らなかった。

重蔵にとって、充実した平穏な日々が流れていた。


文化七年の春、最上徳内が重蔵を擁書城の邸宅へ訪ねてきた。二年ぶりの再会であった。

重蔵は、雅楽姫に命じて早速酒肴の用意をさせ、二人は酒をくみ交わして話を弾ませた。

「徳内殿は拙者より十六も年上の五十六歳であられるのに、御壮健そのものですな」

重蔵は、徳内のがっしりした中柄な身体を見つめながら言った。徳内は、人の善さそうな実直な顔をほころばせて、

「私にはもっともっと為すべきことが多く、そうたやすく、老けこむわけには参らぬ」

「徳内殿はまたしても北蝦夷地へ行かれたのだな。羨ましいことだ。して、最近の状況はどうでござるか」

徳内は、一昨年、間宮林蔵と松前奉行支配調役下役元締の松田伝十郎を手引して樺太へ

行っていた。そして、間宮林蔵と別れた後、奉行支配調役並として宗谷、国後、択捉島にも足をのばしていた。

「松前奉行所は奥羽四藩を派遣して警備を固めてはいるが、まだまだ手薄だな。藩士にとっては、北方の厳しい自然との戦いも一つの重荷になっている。重蔵殿が建策されたように石狩川を活用した統轄地を設け、蝦夷地全島の警固を堅めることが必要だ。それにしても、間宮林蔵の働きは見事だな」

間宮林蔵の名を聞くと、重蔵の眼は鋭くなった。

林蔵は重蔵より四歳年下であり、三度に及ぶ樺太探検で頭角を表わし注目されていた。重蔵が『辺要分界図考』で書いた、樺太は大陸と地続きであるとする説をくつがえし、樺太が島であることを確認したのは林蔵であった。

林蔵は帰府後、樺太および黒龍江地方の地図の作成に打込んでいるという。重蔵は林蔵に強いライバル意識を感じるのだ。

「高田屋嘉兵衛もようやりよる」

重蔵は、第二次探検で嘉兵衛とともに択捉島に渡ったときのことを思い浮かべた。

「嘉兵衛は、いま択捉島の場所請負を命ぜられて活躍しておる」

話は尽きなかった。

重蔵は、徳内と話していると、大きく包みこまれるような感じを抱き、気持が昂揚してくる。徳内にはそのように感じさせる包容力と熱意が備わっていた。

その夜、徳内は重蔵宅に泊ることになり、二人は夜を徹して話し合っていた。

その年の十一月、『金銀図録』七冊が完成した。重蔵はそれを幕府に献納し、賞賜された。続いて、『金銀図録』の姉妹篇とも言うべき『宝貨通考』の執筆に着手し、年内に仕上げた。まさに驚くべき精力と努力であった。
しかし、重蔵に気がかりなことがあった。長男三穂蔵が鈍い子に思われてならなかったのである。
三穂蔵は早くも七歳になっているのに、てんと書物に親しもうとしないのみならず、優柔不断なところが感じられ、重蔵は歯痒かった。身体が大きく背が高いところだけが自分に似ていると重蔵は思った。三穂蔵の年頃に重蔵は『孝経』をそらんじていた。それなのに三穂蔵は、五歳の時にやっと絵と俳句を習い始め、初めて口ずさんだ句が、
〈涼しさよ池の蛙の声聞けば〉

であった。

絵も祖父の守知に教えられて、松・竹・鶴・亀を描いたが、鶴を描いて鶴には見えず、守知は笑ってしまった。

重蔵は、近藤家の跡取りとして三穂蔵をびしびしと手ほどきしなければと思った。

しかし、守知は、

「こんなものじゃよ。三穂蔵は奥手かも知れん。たとえ手習になじまなくても、成人の後は右筆に書かせることもできるわけだしな」

と言って、三穂蔵をかばい、自分が三穂蔵の教育を引受けていた。

この頃になると、三穂蔵は義母の雅楽姫にもすっかりなじむようになり、腹違いの妹の藤と遊び戯れることが多かった。

「三穂蔵さま、お食事ですよ」

と、雅楽姫が言うと、

「お兄いさま、お食事ですよ」

と藤は、母親の口真似をして言うのだ。母親にますます似てきた藤は、器量がよくて愛らしかった。

雅楽姫は、三穂蔵が夫の期待に反して書物に親しまないことを気づかっていたが、三穂蔵に対しては優しく接するように心掛け、愚痴めいたことは一言も発しなかった。理由はどうであれ、結果的には三穂蔵の母媒子を追い出す羽目になったことに対する心のうずきが雅楽姫にはあった。

そのような雅楽姫を、三穂蔵は優しいと子供心に思っていた。しかし三穂蔵には、父重蔵は恐ろしかった。父のいまにも雷を落すような眼に出会うと身が縮こまる思いになった。父の威厳のある鋭い容貌も近寄り難いものを感じさせた。それに母の媒子が去った日のことを子供心に忘れてはいない。

三穂蔵のことが原因で、重蔵はある日、雅楽姫を叱りつけた。

「雅楽、三穂蔵を可愛がるのはよいが、程々にせい。軟弱な子になればどうする。よいか、お前が義母だとて遠慮し過ぎておれば三穂蔵を台無しにしてしまうのだぞ。それに何じゃ、じゃらじゃらと、藤と戯れるのを許しておる」

雅楽姫はうなだれて聞いていた。重蔵の罵声は、三穂蔵の身体に突きささった。それ以来、三穂蔵は藤と戯れることをやめ、めっきり口数が少なくなった。

雅楽姫はその年の暮が押しつまった日に次女近《こん》を出産した。

明けて文化八年（一八一一）の初春、重蔵は書物奉行筆頭の野田彦之進と話していた。

重蔵が帰宅しようとすると彦之進が話があるからと呼びとめたのだ。

二人が話しているとき、陽は薄赤色を伴った空に沈もうとしていた。

「近藤殿、お帰りになろうとするところを呼びとめたのは、ほかでもない。おぬしが無類の熱心さをもって読書に精を出し、著述にいそしんでおられることに感服している私だ。しかし、東照宮様以来の幕府の外交機密文書を奉行所外に持出して謄写し、それを編述されようとしているのはちと行過ぎではないか、問題が起こりはせぬかと私は心配している」

彦之進は、穏やかな品格のある丸顔に、後輩の重蔵のことを思う気持を滲ませていた。

しかし、重蔵には彦之進が何故にかくも心配するのか解らなかった。

「お仰せの通り、拙者、東照宮様以来の外交文書を整理して『外蕃通書』と題する書を編述致すべく日夜精励しております。そのための御蔵書を持出すこともあります。が、それがなぜ悪いのでござろう。御蔵書を粗末に致すわけではなし、また、いまそれらを整理して編述しておかねば、徒らに御書庫に眠るばかりかと存じますが」

重蔵のうちに失望の感情がこみ上げていた。

「しかし、機密文書であるし、それを持出して公にしようとするのは穏当ではない」

「それが天下国家のために役立つものであってもでございまするか」

「天下国家に役立つものか否かは他人が判断すること、われらが職分は、書物奉行として御蔵書の充実と安全を図り、求めに応じて書をひもとくことではござらぬか」

彦之進はいつになく厳しい口調になっていた。

「ではお言葉を返すようですが、拙者が『外蕃通書』を編述するのをやめよと言われるのでござるか。拙者はやめませぬ。立派にまとめあげて、お上に献納して御判断を求めますぞ」

重蔵の顔には、頑として引退りはせぬぞという気魄が表われていた。

彦之進は、重蔵の気魄に押されて暫く黙っていた。が、声を和らげて、

「貴公は、まだお若い。私は貴公のことを考えて申しておるのだ。無断で機密文書を持ち出すことだけは慎しまれよ」

〈この爺さんは問題が起こりはせぬかと汲々としているのだ。自分の首が可愛いのだ。それにしても、何ごとにも伺いを立てて事を運ばねばならないのは、全く窮屈千万なことだ〉

重蔵は溜息をついて奉行所を出た。

外は薄赤色を帯びた空が消え、黒い雲が一面におおい、暗くなっていた。

その夜、重蔵は、酒を飲みながら奉行所勤めの窮屈さを雅楽姫に愚痴《ぐち》った。

「文庫に水盤を設けることにさえ一々許可を求めねばできぬ」

重蔵は不機嫌に言った。

それは先年のことだったが、重蔵が発議して三棟の各御蔵書庫に大きな水盤を設け、火災に備えるべく伺いを立てた。しかし、その許可がおりるまでに半年も要した。また、書物の分類や配置替え一つにしても許可を求めねばならなかった。そのことから考えるならば、野田彦之進が機密文書の持出しを真剣に心配するのは無理のないことであった。

「しかし、雅楽、わしはこんなことで引退りはせぬ。わしの器の大きさを、もっと天下に示して見せるぞ」

酒はかなりまわっていた。

雅楽姫は微笑み、

「それでこそ、旦那様でございます。雅楽は嬉しゅうございます」

「雅楽、お前は嬉しいことを言ってくれる。お前は、わしが見染めた女だけにようできた女《おな》ごじゃ」

重蔵は、雅楽姫を引き寄せた。

重蔵は酒を飲むと激情が起こり好色になることを雅楽姫は知り尽くしていた。雅楽姫は眼を閉じて為されるままに身を任せていた。

「雅楽、お前は少し痩せてきたようだが、何か気懸りなことでもあるのか」

重蔵は、雅楽姫の乳房に手を置いて言った。雅楽姫は、軽く首を振って見せた。しかし、雅楽姫の脳裡には重蔵を待っているであろう女中美穂の、妊娠のためにムクんだ顔が浮んでいた。

三　不吉な予兆

「旦那さま」

重蔵が奉行所から帰宅するなり、雅楽姫が思いつめた顔で言った。いつもの微笑みを浮べた明るさがない。

「折入ってお話したいことがございます」

「何だ、雅楽」

「旦那様、美穂が今日の昼過ぎに男の子を生みましてございます」

「何い、美穂が男児を生み落したと」

「はい、男の子でございます。が、難産でございました。今、美穂は眠っております。旦那様、私は旦那様が外でお遊びになったり、お妾をお持ちになることを兎や角申すつもりは毛頭ございませぬ。旦那様程のお方なら当然のことかと存じております。美穂が生みましたことも非難致しているのではございません。しかし、これからどうしたものかと……」

雅楽姫は美穂が産気づいた時、直ぐ産婆を呼びにやり、女中のマサとともにかいがいしく準備をした。陣痛に美穂がうめくとき、美穂を励ましもした。

美穂は眼の大きな丸顔に感謝の気持を滲ませて、

「奥方様、申し訳ございません」

と、詫びた。

美穂は温順な十九歳の娘である。重蔵が有無を言わせず関係を結んだことは明らかであった。

しかし、雅楽姫は、重蔵が美穂と関係を結んだことを知って以来、独り苦しんできた。雅楽姫は、重蔵が自分を可愛がっていてくれることを疑わなかった。日野大納言の妾の子として生まれ育ってきた女として、雅楽姫は、女は男に従い尽くすべきものと信じていたし、天性の優しさから、美穂に対して邪険に振舞うことなどできなかった。しかし、雅楽姫は苦しかった。これから、美穂母子とともに一緒に住むべきか、妻の位置を美穂に譲り自分が去るべきかと……。

重蔵は顔を引締めて、雅楽姫を見つめていた。

「これからどうしたものかと言うのか。決っておる。わしはお前を離しはせぬ。わしは多数の女ごと遊びはしているが、お前を離しはせんぞ。美穂には暇をとらせるまでだ」

「それでは美穂があまりにも不憫でございます。私と一緒にお囲いくださいませ」

「黙れ、わしに意見をする気か。美穂にはちゃんと手当を尽して暇をとらせる。お前には苦労をかけるが、生まれてきた子はわしの子だ、可愛がって育ててやってくれ」

その言葉のとおり、重蔵は美穂が生んだ子を賢蔵と名付け、体力の回復した美穂に暇をとらせた。

賢蔵を育てることが雅楽姫の役目となり、雅楽姫は、三穂蔵、藤、近、賢蔵の四人の母となった。

しかし、賢蔵は生まれた時からひ弱であった。母親に似て眼の大きい整った顔をしていたが、泣き声も弱々しく精気がなかった、雅楽姫は養育に心を尽くした。

そのような雅楽姫に、九歳になっていた三穂蔵は、強い愛着の眼を向け、雅楽姫になるべく苦労をかけまいと子供心に気をつかっているように見えた。しかし、父重蔵を見る眼は不信の色を濃くしていた。そして、重蔵を避け、独りでぼんやりとしていたり、守知に手ほどきを受けて絵を描いたりしていたが、この頃になって、やっと「四書五経」の素読と算術の九九を習い始めていた。が、守知の身体は、近頃、めっきり弱っていた。

重蔵が書物奉行五年目を迎えた文化九年の一月二十九日、早朝から、重蔵邸は重苦しい空気に包まれていた。

奥の隠居座敷の中央に敷かれた薄団に守知は横たわり、せわしく息を吐き出しつつ昏睡していた。守知の品のある白髪頭は、幾分乱れていた。

美濃は顔を蒼白にし、医師の指示をうけながら、守知の頭に置いた手拭を取り替えていた。

重蔵と守知の親友深山要右衛門は、守知の容態を眼をこらして無言のまま見つめていた。医師の診断では、守知は老衰に加えて肺炎にかかっており、病状は全く予断を許さなかった。

重蔵は、一昨日、守知が思いつめた顔で言った言葉を思い浮かべた。

「重蔵、わしの命はそう長くはあるまい。わしはお前のような能力のある息子を持ち、安心して死ねるが、ただ気懸りなのは、孫の三穂蔵のことじゃ。三穂蔵は長い目で見て育ててやるがよい。それにお前に望みたいのは、人との和じゃ。それを大切にして進んでくれ。いらぬお節介だと思うだろうが、親心だと思って聞いてくれ」

重蔵は頷いたが、まさにお節介なことだと心の中で苦笑した。

しかし守知は、重蔵が頷くのを見ると、安心したように眠りに陥った。

また、昨日のこと。

勤めを終えて重蔵が帰宅し病室を見舞うと、美濃は守知に寄り添っていた。

守知の意識は、半ば混濁しているようであった。が、重蔵の姿をみとめると、守知は二人に起こせという身振りをして見せた。そして、盛んに紙と筆をもってくるように、右手を動かした。口は動かすが、かすれて弱く、声にならない。そして、美濃と重蔵に背を支えられ、少し身を起こした恰好になると、守知は必死に何かを書こうと試みた。しかし、紙の上には、細長く墨を塗ったような曲線が書かれただけであった。が、守知は満足したように筆を重蔵に渡し、昏睡状態に陥ったのである。

（父上は、一体何を書こうとされたのか？……）

重蔵は心の中で反芻《はんすう》した。

広い屋敷は静まりかえっている。時々、雅楽姫と女中が、急いで病室を行き来する足ずりが聞えるだけである。

守知の病状は少しも好転しなかった。中年の医師は懸命に手を尽くしていた。しかし、その甲斐もなく、昼過ぎになって、もがくように首を左右に動かしてから、ふーと大きく息を吸った。

医師が臨終を告げた。

「父上」

「守知殿」

重蔵と要右衛門が同時に声を発した。美濃が声をあげて泣きながら、守知の遺体に抱きついた。


文化十年九月、重蔵は遂に『外蕃通書』十巻を完成し、それを幕府に献納した。そこには、徳川家康以来の内外の外交文書が見事に整理され、読み易く書写されていた。

老中松平伊豆守信明はそれを読んで感心し、銀子を下賜するように命じた。重蔵の労は報いられたかに見えた。

しかし、家康以来の外交機密文書を勝手に書写し、書物にまとめたことを法度違反と考え、重蔵が出過ぎたことをする要注意人物と見る幕閣が一方にあった。老中が賞するように命じたから、それが表面から譴責《けんせき》されずに済んだだけである。

そのような思惑が底流していることとは知らず、重蔵は得意満面であった。自分に意見をした野田彦之進に対しても、これで見返してやれるという自負もあった。

「おかげで『外蕃通書』の労が賞されましたぞ」

と、重蔵は皮肉をこめて彦之進に言った。彦之進は当惑顔に頷いただけであった。他の書物奉行も彦之進と同じように、重蔵が賞されたことに触れたがらない様子であった。

重蔵は、さらに『外蕃通書』の姉妹篇とも言うべき『外蕃通考』の執筆にとりかかった。『外蕃通書』を編述して得た知識、蝦夷地の防備と開発に対する深い関心と体験に基づいて、今度は全面的に自分の主張を披瀝するつもりであった。それは依然として危機をはらむ北蝦夷地の状況が、重蔵を駆り立てていたためであった。

ロシアの軍艦ジアナ号の艦長ゴロヴニン以下七名の水夫が択捉島で逮捕されたのは、重蔵が徳内と歓談した翌年である。ゴロヴニンは千島列島・満州沿岸測量の命を受けて航海していたのだが、食糧や薪水の補給を求めて択捉島へ上陸した。しかし、択捉島を警備していた南部・津軽の藩士たちに逮捕され、松前へ連行、投獄されたのである。

その翌年の文化九年、ロシアはジアナ号のリコルド副艦長を派遣してゴロヴニンの釈放を要求したが、それを果たせなかった。それを怒ったリコルドらは、折悪しく国後島に寄港しようとしていた観世丸を襲い、船長高田屋嘉兵衛と水夫数名を逮捕して連れ去ってしまった。

高田屋嘉兵衛逮捕の報を重蔵に知らせたのは最上徳内であった。徳内は江戸にいて城中の御広間添番に取立てられていた。

二人は嘉兵衛の身を案じたが、豪胆で緻密な嘉兵衛のこと故、むざむざと異郷で死にはすまいという期待はあった。

果して嘉兵衛は、このままでは嶮悪化の一途を辿る日露間の関係の融和のためにゴロヴニン釈放の仲介役を努め、幕府に進言してゴロヴニンの釈放に成功し、翌文化十年に自らも無事に帰還した。

だが、いつ危機が再現するか解らない、その無気味さと、何ら根本的な解決策がとられていない現状が、重蔵を焦たせていた。そのために『外蕃通考』を著わすことによって、札幌・石狩川附近に蝦夷地の首都を置いて防備と開発に努めるべきこと、『外蕃通書』の編述を通じて知り得た、家康公が必ずしも鎖国一点張りでなかったことにもふれて根本的な解決策を訴えようとしたのである。そして、できることならば、再び蝦夷地探索の取り締まりに当る職務につきたいと重蔵は思った。だが、その機会は遂に訪れなかった。

「旦那様、大変でございます。お早くきて下さいませ」

雅楽姫は日頃の穏やかさを失い、せきこんでいた。

執筆を中断され、重蔵は顔をしかめて雅楽姫を見た。

「何ごとじゃ、一体」

「大変でございます。賢蔵が高熱を出し、ひきつけを起こしております」

重蔵はすぐに立上り、書斎の擁書城から本宅へ急いだ。

賢蔵は、子供部屋から移されて雅楽姫の部屋に寝かされていた。十畳の小ざっぱりした部屋の中央で、賢蔵は年老いた医師と女中マサの看護を受けていた。

重蔵と雅楽姫が姿を見せると、マサは席を譲り、額に乗せる布を雅楽姫に渡した。

賢蔵は弱い息をせわしく吐き出している。

医師は黙って少し首を振り、容態が容易ならざることを重蔵に示した。

「根が弱いお体に、この熱では……今夜が山です」

医師が帰り、夜が深更に及んでからも、雅楽姫はまんじりともせずに起きていた。

「奥方様、私が代って看ます故、お休みくださいませ」

マサが勧めても雅楽姫は譲らなかった。

その間にも、重蔵は擁書城で執筆を進めていた。

だが、夜が白み始める頃、雅楽姫の看病も空しく、賢蔵は僅か二歳で人生の幕を閉じたのである。

雅楽姫は憔悴した肩を落とし、泣きくずれた。


「何じゃ、お前のその眼付は」

重蔵はそう言うや、三穂蔵の頬を平手打ちした。頬が張れ、赫くなった。

三穂蔵は、父を睨んでから烈しく泣き始めた。

そこへ雅楽姫が姿を見せて、

「旦那様、三穂蔵をお許し下さいませ。私が至らないばかりに……」

と、両手をついて詫びた。

雅楽姫の頬はやつれていた。

「お前まで三穂蔵をかばい立てするのか。甘やかされて碌で無しに育っておる。わしが少しはしっかり学べと叱ったところ、三穂蔵は不服気にじっと睨みよる、何たることだ。馬鹿者めが」

三穂蔵と雅楽姫の二人に重蔵は罵声を浴びせて部屋を出た。

雅楽姫はうなだれて、じっとしていた。涙が頬を濡らしていた。

その時、泣きじゃくっていた三穂蔵が起き上って正座し、

「義母上《はは》、かんにんしとくれ。義母上をこんなに苦しめて、許しとくれ」

雅楽姫は三穂蔵の手をとった。

「いいのですよ」

雅楽姫は穏やかに言い、微笑んで見せた。

「お父様があのようにおっしゃられるのも、三穂蔵さんがお可愛いからですよ。三穂蔵さんがお父様の跡を継ぐ立派なお子になって欲しいとお考えだからですよ。三穂蔵さん、元気を出して頑張って下さい」

三穂蔵は黙っていた。義母が父をかばうのが解せなかった。三穂蔵はぷいと立上って部屋を出て行った。

雅楽姫は、溜息を洩した。

（わたしは疲れた……独りになって静かに休みたい）

賢蔵が死んで以来、雅楽姫の心は休まらなかった。手を尽して看病したとはいえ、賢蔵が夭死したのは自分の責任のように雅楽姫には思われてならなかった。先妻の媒子が生ん

だ三穂蔵が父に反抗する振舞いを見せるようになってきたのも、自分の責任のように思われてならなかった。このまま進めば重蔵と三穂蔵の父子が互いに不信の芽をつのらせ、将来烈しく対立する予感と不安があった。そして雅楽姫は、重蔵の正妻としてついて行く荷の重さを感じ、自信を失っていた。

重蔵が書物奉行に抜擢されてから、早くも九年目を迎えていた。

その初春のある日、深山要右衛門が擁書城へ重蔵を訪ねてきた。要右衛門は、息子に先手与力の職を譲り渡し、書物に親しみつつ悠々自適の生活を送っていた。が、重蔵の父守知の死を悼み、度々近藤家を訪れていた。

「ときに重蔵殿、このたびは鎗《やり》が崎《さき》に一千余坪の土地を買い求め、大別荘を造ることに着手されたそうだが」

要右衛門は、白髪が目立ち始めた丸顔に微笑を湛えて言った。

「書物を次々と著わすことといい、今度の大別荘造りといい、おぬしでなくてはできぬことだ。が、あまりに華美に過ぎると問題になりはせぬかのう。拙者は、おぬしの器量と気質をよく存じておるし、余人に真似のできないでかいことをするのに喝采するのだが、何しろうるさい手輩が多いからのう」

問題の別荘造りは、女遊びと同様に重蔵の道楽であった。それは持てる力を誇示する勲章のようなものであった。重蔵は地主でそば屋を経営する塚越半之助から土地を買い求め、そこに贅を尽した庭園と別荘を造る計画であった。が、豪壮華美な別荘を造るのが何故悪いのか、重蔵にはてんと解せなかった。

「ご忠告は有難いのですが、不正な金で造るわけではないし、どのような別荘を造ろうと拙者の自由だと思いますが」

「今のこの邸宅を造った時でも分不相応と裏で非難する者がいたことを、拙者は聞き知っている。今度、これ以上のものを造れば、ただでは済まない嫌な予感がするんじゃよ」

「要右衛門殿らしからぬことを申される。とやかく人のことを穿鑿《せんさく》する小人輩は放っておけばよろしい」

重蔵は豪快に笑いとばした。

「おぬしのことだ。拙者の忠言も仲々耳に入るまい。が、くれぐれも自重してやってくれ。ところで、『外蛮通考』の方はどうなっているのかな」

「完成間近でござる」

重蔵は、大机の横にうず高く積み重ねられた三〇巻近い冊子を示した。

「ほう、さすがは重蔵殿だ。間もなく完成とは目出度い。しかし、聞くところによると、蝦夷地の方は小康を保っているようだの」

要右衛門が言うように、ロシアとの関係はゴロヴニン事件の解決以来小康を保ち、危機的状況は一応遠のいていた。それで幕府は安堵して、重蔵が考えているような根本的な解決策を積極的に推し進めようとする姿勢にはなかった。重蔵にはそれが不満であった。

「いまの状況はあくまで一時的なもの。この時期にこそ、蝦夷地百年の大計を立てねばと思っております」

重蔵のことばに要右衛門は頷いた。

そのとき、一目で芸者あがりと解る中年の女が別室に酒肴の用意ができましたと告げにきた。

女が去ると、要右衛門は、

「おぬしは相変らず、盛んだな。また新手を入れたのじゃな」

と、笑いながら言った。

「ところで、雅楽姫殿は？」

「少し神経を病んでおるようです。雅楽は健気な女ごだが、自分をせめすぎているのです。さあ、うっとおしい話はこれまでにして一献お付合い下され」
こう言って重蔵は立上った、
外では、うららかに晴れていた空が曇りを帯び、雨が降り出しそうな気配になっていた。

重蔵は計画どおり、鎗が崎の大別荘の建築を進めていった。

鎗が崎は現在、東京目黒区中目黒の辺り、国際電信電話研究所のような近代的なビルや住宅が建っているが、当時は目黒川をへだてて南方に目黒不動尊の森が茂り、そのはるか向うに富士山が望見でき、近くには祐天寺があるという大自然に恵まれた静かな景勝の地であった。

重蔵は、背後に迫る千余坪の山腹を利用し、そこに玉川上水の水を引いて二条の滝を作るつもりであった。さらに宅地内の丘上に五丈余りの小形の富士山を築山し、浅間神社を設ける計画を立てていた。

この工事には、よりすぐった専門の大工職人が当っていたが、富士山や神社を造るというので、富士講の信者たちが労力奉仕を申し出ていた。

「近藤様、まことに壮大で見事なものでございますな」

地主として土地を提供した塚越半之助が、工事の進捗状況を見廻りにきていた重蔵に感嘆して言った。半之助は土地を売却して得た資金で、重蔵の新別荘の隣りに自宅を改築し、そば屋の店を大規模に発展させる計画を進めていた。

重蔵は、半之助がしきりに感嘆の声をあげるのを、当然のことだと言わぬばかりに満足気に頷いてみせた。

「この別荘が完成したら名物となり、お前の店も繁昌するかも知れんな」

「はい、そう願っております。近藤様の御威光をもってすれば必ずそうなるでございましょう」

半之助は、精悍気な血色の良い顔に、狡そうな表情を浮べた。

しかし、重蔵には気になることがあった。この前に深山要右衛門が別荘のことで忠告した時に、「人のことを穿鑿する小人輩は放っておけばよい」と笑いとばしたが、その後、要右衛門は息子の幾之進を使者としてよこし、勘定奉行の石川忠房が村上三郎右衛門をはじめとする町奉行輩下の者に命じて、資金の出どころや別荘の構造について綿密な調査に動き出しているから注意するように、と言ってきたのである。

要右衛門が忠告するのは、心から心配してのことであるのは重蔵にはよく解っていた。しかし、自分が間違っていないのに他人の言葉で左右されるのは、重蔵にはどうしても納得できないことであった。

（女、別荘、著述、それのどこが悪いのだ。書物奉行としても、ちゃんと人一倍の働きをしている。とやかく人に言われる筋合いはないわ……）

重蔵は書物奉行として、文庫書籍の用と不用とを分つ案を立てて実行に移したり、貴重書の来歴を記して差し出したりして、中心となって働いていた。先輩の書物奉行であった増島藤之助は文化九年に六十八歳で没し、最年長の野田彦之進は、重蔵が『外蛮通書』を完成した文化十年十二月に幕奉行に転じて新参の者と代っていたので、自ら重蔵の比重が高まっていた。

だが、そのように自負し、小人輩を相手にせずと考えてはいたものの、勘定奉行や町奉行が密かに動いているということは、不吉な気にかかることであった。ねちっこい性格の村上三郎右衛門が動いていることは無気味で勘にさわることであった。城中や江戸の町で時たま出会っても、敵意を感じさせる眼でじっと見つめ、口も充分にきこうとはしない三郎右衛門である。重蔵はその三郎右衛門を頭から無視してかかる態度を示して来た。そして、弱気になって引き退ることは断じてすまいと重蔵は決めこんでいた。

（しかし、この別荘ができ上ったら皆は唖然とするだろうな。わしは押し通して完成させ、力を示して見せるぞ）

重蔵は呟いて前方を見上げた。

はるか彼方に富士山が薄い雲を帯びてうっすらと見えていた。所々に見える森も落着いていたたずんでいた。広々とした素晴らしい眺めだと重蔵は思った。しかし、近くの鎮守の森で多数の烏が喧しく飛び鳴いているのが、何かひどく重蔵の気に障った。

それから二ヵ月後の九月中旬、守知の死以来めっきり弱っていた母の美濃が夫の後を追って逝った。

四　左　遷

　重蔵は書く手を止めて、庭に視線を移した、小雨が降りしきり、擁書城に面した庭園の緑の木々はしっとりと静まっている。本宅には燈がついているが、華やかさはなかった。重蔵は、その静かさに、これまでに感じたことがない孤独と無気味さを覚えた。この春に離別していった雅楽姫の姿が浮んでいた。

（雅楽は従順な気立のよい女ごだった）

　子供の養育に疲れて病んだ雅楽姫が哀れであった。手厚く金子を持たせて母親のもとへ帰したが、雅楽がどんなに頼んでも手元に引留めておくべきだったかもしれない。

　雅楽姫が出るとき、三穂蔵は涙を流し、歌を作って彼女に渡した。

「雲に居る月はあやなく井の蛙また会ふことのあらまほしさよ」

　雅楽姫は三穂蔵を励まし、重蔵には、

「雅楽は不徳の妻でございました。旦那様にはくれぐれもお体にお気をつけて下さいますよう、旦那様の御名声がますます輝きますように祈らせていただきます」

　雅楽姫の痩せた頬は濡れていた。

三穂蔵は、雅楽姫が去った後、ひどくふさぎ込んで、重蔵をはじめ家の者と親しまなかった。

重蔵は、マサを家内として雅楽姫の後の役割に当らせ、新たに囲った国《くに》に自分の身の回りの世話をさせ、ほかに中間二人と女中三人をおいていたが、三穂蔵はそれらの者にも親しもうとはしなかった。しかも、度々家の金を持ち出して外をほっつき歩くようになっていた。

(これでは三穂蔵は駄目になる。何とかしなければ……)

重蔵は歯がみし、じりじりした。

雅楽姫が去って、一ヶ月ばかりした時のこと、三穂蔵がまたもや金を持出して出歩き、夜晩く帰ってきた。

重蔵は怒り、三穂蔵を厳しく叱りつけた。

すると、三穂蔵は不信の眼で重蔵を見上げ、

「なぜ義母上《はは》を出されたのです。わたしは独りぼっちです。なぜ義母上を……」

と言い、烈しく泣いた。

「ええい、女々しい奴」

重蔵は、三穂蔵の襟首をぐいと握り、物置部屋へ引張って行き、そこに閉じ込めた。

マサがとりなそうとしたが、三穂蔵はかたくなに口をきこうとはしなかった。

(三穂蔵のほかに男児がおったら……)

そのことがあってから間もなく、重蔵は、親しくしていた菩提寺の西善寺の和尚に頼み、三穂蔵を同寺に預かって貰った。そして、二ヶ月たった今も三穂蔵を預けたままであった。

重蔵は気が滅入ってならなかった。先に献納した『外蛮通考』と紅葉山文庫蔵改修の伺書が無視されたままになっていることも気懸りであった。

時に、老中は松平伊豆守信明から水野出羽守忠成《ただあきら》に移り、忠成が幕府の実権を握っていた。

忠成は、文化九年に将軍家斉の世子家慶の側用人となって以来頭角を現わし、文化十七年に老中格となり、翌年には老中筆頭にまでのし上っていた。家斉の信任も厚かった。

しかし忠成は、急速にのし上ってきた者にあり勝ちな、上に対する追従と下に対する好悪の姿勢が強かった。自分にへつらい従ってくる者は重宝し、批判的な言辞をとる者には

冷たかった。将軍家斉の女色と奢侈を助長し、綱紀紊乱《びんらん》と賄賂横行の風潮を招いていった

ことにも忠成の姿勢に一因があった。在職中に貨幣の改鋳を八回も行なっている。

献納された重蔵の『外蛮通考』は若年寄を通じて忠成の眼にとまっていた。が、忠成は、重蔵が書物奉行の分際で幕府の外交政策と蝦夷地対策に口出しすることが気にいらなかった。先に『外蛮通書』を重蔵が献納した時にも、幕府の機密文書を謄写して公にしたことを非難した者の一人であった。だが、重蔵が書物を通して蝦夷地の防衛と開発について献言してきたからとて、表面きって非難するわけにはいかなかった。

その上、忠成にとって苦々しかったのは、重蔵が造成した鎗が崎別荘に関する勘定奉行石川忠房からの報告と重蔵の弁明書であった。

石川忠房は、重蔵の別荘が完成したとき、配下の吟味役馬場金之丞と村上三郎右衛門に命じて、重蔵を訊問させせた。

「このたび造成なされた鎗が崎の別荘は贅の限りを尽くしているが、あまりにも分不相応ではござらぬか。御書物奉行とは申せ、玉川上水の水で滝を造ったり、屋敷内に神社を建立し、百姓・町人どもに参詣させるなどは御法度にふれることになるのではござらぬか。また、それ程の贅を尽くす金子を御所持なら、御上納されるのが至当ではござらぬか」

金之丞の言葉づかいは丁寧だが、厳しい訊問であった。金之丞の傍らで、三郎右衛門が別荘の見取図を見つめていた。

だが、重蔵は臆することなく堂々としていた。

「これは解せぬことを申される。拙者が別荘を造りたるは多数の商人・知人の寄進によるものであり、それを有益に用いるためでござる。単なる私利私欲のためではござらぬ。滝を造りたるも鎗が崎一帯の景観を高め、かつ用水にも供するためでござる。また、神社を造りたるは蝦夷地安泰を祈願するため、ひいては東照宮様以来の治世の御安泰を祈願致すためでござる。憚りながら拙者、そこにお控えの村上殿と共に身命を賭して蝦夷地の探索に尽くして参ったが、その際、蝦夷地開拓の成就のうえは邸内に浅間神社を勧請《かんじょう》し奉らんと心願致してきたのでござる。それが御法度にふれるものとは拙者には考えられぬ。よろしくば拙者の申立てを書状にしたためて御老中に差し出したく存ずる」

この筋の通った反論に、金之丞も三郎右衛門も黙るほかはなかった。

石川忠房は、重蔵が分不相応のことを仕出かす、傲慢で破格な人物である旨を老中に上申していた。が、老中も忠房も、こと別荘に関して、重蔵に落度が見出せない限り、それでもって直接罰することはできなかった。

重蔵の弁明書は、重蔵が金之丞に語った趣旨のことを条理を尽して丁寧に書いてあり、文句のつけようがなかったのだ。

「近藤はいまいましい奴じゃ、出過ぎたことをする奴じゃ」

忠成は側近に言った。

翌文化十五年（一八一八）の四月、年号が文政元年と改元された。重蔵四十九歳、書物奉行として十一年目に入っていた。

老中水野忠成の権勢は、将軍を後楯にしてゆるぎないものになっているかに見えた。しかし、終始重蔵に厚意を持ってくれていた中川忠英は、身体の不調のため幕府の要職から身を退いていた。

そのある日、重蔵を中心とする四人の書物奉行が協議を重ねていた。

昨年の十月、重蔵は、「紅葉山御蔵修復御願書付」と題する伺書を若年寄を通じて老中に差し出していた。そこには、御書物蔵三棟のうちの一棟が二十年前の寛政十年に修復され、その後八年前の文化七年に修復されたままであるので破損し、改修が必要であること、他の二棟もこの際、万一のために手を入れる必要があること、権現様（徳川家康）に関する書物は特に大切なものなので堅固に改修した書蔵に入れるべきこと、という旨のことがしたためてあった。

しかし、この伺書に対して何の音沙汰もなかった。老中を初めとする幕閣たちは、紅葉山文庫の改修の必要性を認めながらも、幕府財政の逼迫から時期尚早としていたのであり、重蔵が伺い立てたことをそのまま採り入れる気はなかった。

半年余りも音沙汰のないことに業を煮やした重蔵は、他の書物奉行と協議して、文庫改修の件について直接意見をお聞き願いたい旨をしたためた書状を差し出そうとした。しかし、他の書物奉行は時が熱するのを待った方が無難で賢明だとして、消極的であった。

が、重蔵は強く主張した。

「文庫改修が早急に必要なことに御異存はあるまい。ならば、堂々と御上申して手を打つことが必要ではござらぬか。それがわれらのお役目ではござらぬか」

「しかし拙者が思うに……」

年長の鈴木岩次郎が言い出すのを、重蔵は頭から押えつけ、

「何が、しかし、でござるか。逡巡するのは優柔不断ではござらぬか。拙者が責任をとり申す故、御同意願いたい」

重蔵の強引な説得に座は白けたが、重蔵が自説を滅多なことでは曲げないことを知っていたので、三人の奉行は黙り、しぶしぶ承認した形になった。が、皆は強引にやり過ぎて老中方の不興を蒙らねばよいがと、恐れと不安を感じた。

他の書物奉行たちの心配は単なる杞憂に終らなかった。遂に、重蔵は老中に無礼を働いてしまったのである。

再三の督促が叶えられ、重蔵が老中・若年寄の前で文庫蔵改修について上申することが認められたのは、書物奉行たちが協議をしてから四ヶ月後であった。

その時、重蔵は三棟の文庫蔵の見取図を示し、熱意をみなぎらせて文庫改修について説明した。

しかし、水野忠成は頷くこともせず、冷やかに黙って聞いていた。そして、ひととおりの説明を聞き終わると、

「紅葉山御蔵所の改築の必要性はわかっておるが、時期尚早じゃ。いずれは若年寄を通じて下知致す故、以後、願い出を慎めい」

こう言って、忠成は立ち上った。

（身分を考えずに出過ぎたことをする）

忠成の眼は、はっきりそう語っていた。

重蔵は、

「しばらく」

と、大声で言い、両手をひろげて老中の歩みを止めようとした。

居合せた者数名は、一瞬、息を呑んだ。

一介の書物奉行の身で、老中に無礼千万な振舞いを働いたのだ。次にくるものは……

一同が顔を引き締め、重蔵を睨むように見つめた。

「無礼な。控えろ」

忠成は叱咤し、重蔵を見据えた。

忠成の心は煮えたぎっていた。しかし、これ程のことで切腹を命じたり、家名断絶を命じたりすることは、老中の貫禄にかかわるばかりでなく天下の物笑いとなると忠成は自制した。

「お前の熱意は汲みとっておこう。退れ」

老中の自制した寛大な言葉に、ホッとした空気が一座に流れた。

だが、重蔵を待っていたのは大坂弓奉行への左遷であった。

秋が深まっていた。別荘から見る紅葉は、鮮やかに色づき、玉川上水から引いた二条の滝は陽に映えて白銀色に光っていた。丘の麓に設けられた神社に参拝し、築山した富士を鑑賞する客は今日も多かった。それらの客たちは、参拝と鑑賞をした後、隣の半之助の店でそばを食って休憩し、さらに足をのばして裕天寺へ行く者が多かった。お陰で半之助の店は大繁昌していた。

半之助は、重蔵と顔を会わすたびに、肉付きの良い中柄な身体をぺこぺこさせ、

「近藤様の御威光のお陰でございます。ありがとうございます」

と、お世辞と礼を言った。

別荘にいる重蔵のもとへ、わざわざ金品を届けることもあった。

重蔵はひっきりなしにやってくる客を見ながら、

（忠成の奴め）

と、呟いた。

（これ程までに務めてきた努力と功績を無視して大坂弓奉行に左遷するとは……）

年が明けたら大坂へ赴任しなければならなかった。弓奉行は城中の弓・矢などの修繕や保管を司る職掌で禄高八十石の閑職である。その上、住み慣れた江戸の町を離れねばならないばかりでなく、書物奉行として勉学の場が奪われることが何よりも痛かった。

（この別荘とも間もなく別れねばならないが、さて、不在中の管理を誰に任せようか）

その時、一つの思案が浮んだ。

（この別荘の管理を半之助に任せよう）

半之助なら、別荘ができたことで商売も大繁昌しているのだから別荘を大切にするであろうし、ふたたび江戸詰めの役目に任ぜられたときには、気軽に明け渡しに応じてくれて都合がよかろうと思ったのである。

重蔵は、中間に半之助を呼びにやらせた。

半之助はすぐにやってきて、いんぎんにかしこまった。

「のう、半之助、拙者が大坂に参っている間、別荘の管理をそちに任せようと思う。お前なら、きちんとやってくれると思うからな」

半之助は、精悍気な顔に愛想のよい微笑を浮かべ、

「はい、かしこまってございます。この半之助めに大役を仰せつけて下さり、光栄に存じ

ます。半之助が責任をもって管理させていただきます故、御安心下さい」

「そうか。ではそちに任せようぞ。どうじゃ、半之助、今夜は深山要右衛門殿や親しい知人をお呼びして宴をはることにしている。お前もくるか」

「恐れいりましてございます。私ごとき身分の卑しき者が、とてもお仲間入りさせていただくわけには参りませぬ。御好意は誠に有難く存じますが」

「遠慮はいらぬ。出て参れ」

半之助は平伏した。が、腰をやや折り曲げ揉手をしながら帰っていく半之助の顔には、図太い笑みが浮んでいた。


「いざ、お別れじゃ。要右衛門殿は御老体故、お体に気をつけてくだされ。拙者はおそかれ早かれ江戸へ帰って参る」

蠣殻町の本宅まで見送りにきた要右衛門に重蔵は言った。

「重蔵殿、またお会いしよう。が、決して自暴自棄になってはならぬぞ。時節を待つのじゃ。おぬしは才ある身じゃからのう」

要右衛門は、息子にさとすように言った。

「さあ、行こうぞ、富蔵」

三穂蔵は十五歳になって元服し、富蔵と改名されていた。全体にくずれた感じはするが、重蔵に似て堂々とした体格をしていた。

重蔵は、大坂でびしびしと富蔵を鍛え抜くつもりであった。

娘の藤と近は、国と話しながら、駕籠に乗るばかりになっていた。

重蔵は、要右衛門に軽く会釈をし、待たせてある駕籠に乗った。

富蔵と中間三人は、歩いてその後に従った。

要右衛門は一行を見送りながら、この前に重蔵と飲んだ時、重蔵が酔ってほえるように言った言葉を思い浮かべていた。

(拙者のように、探検と書物奉行の仕事に精励してきた者をないがしろにしよって、無念じゃ。要右衛門殿、拙者は無念じゃ。が、これしきのことで引き退りはせぬ)

曇った空から小雪がちらつき、底冷えがした。

要右衛門は、一行の平穏を祈りながら窓外を見つめていた。

五　不肖の子

「富蔵、その構えはなんじゃ」

重蔵は叱咤した。

富蔵の竹刀の先端は少し揺れ、両手は柄《つか》を固く握りしめている。肩には力が入り過ぎている。

「そんな構えで攻められると思うのか」

その叱咤に、富蔵は竹刀を振り上げて攻めようとした。

と、重蔵の竹刀はいち早く、富蔵の右腕と左胸を強く打ちのめしていた。

富蔵はその場にしゃがみこんだ。

「何だ、そのざまは。それが旗本の伜と言えるのか。立て。もう一度、かかってこい」

重蔵の竹刀が富蔵の右肩を打った。

富蔵は立ち上り、構えると猛然と襲いかかった。

が、その瞬間、富蔵の額はしたたかに打たれた。

「駄目じゃ、そんなことでは。お前のは八方破れじゃ。これから素振りを千本致せ」

こう命じて、重蔵は邸内に入って行った。

富蔵の全身は汗でぬれていた。身体の節々が痛い。

（父上は、あまりにも厳し過ぎる。それ程までにわしが憎いのか……）

富蔵は、大坂に来て以来の父の峻烈な指導が苦々しかった。

重蔵が大坂弓奉行として赴任してから五ヶ月になっていた。が、深山要右衛門らの期待に反し、重蔵は自暴自棄になっていた。勉学研鑽の場でもあった書物奉行の時とは大きく異なり、奉行と言っても弓奉行は閑職であり、重蔵の見識と能力を発揮する術がなかった。それに、水野忠成や石川忠房らから蔑《ないがしろ》にされているという怒りと不満が、日夜重蔵の全身に渦巻いていた。それをまぎらわすとともに、自分は単なる弓奉行ではないのだという自負と存在価値を誇示したい気持に駆られ、重蔵は華美な芸者遊びをし、家には国のほかに、女中三人、中間五人をおいていた。また、弓奉行として割り当てられた邸宅では我慢できず、高い物見櫓をしつらえた大邸宅を造築する計画を立てていた。

だが、富蔵の指導には厳しかった。不遇をかこつ気持が、軟弱なわが子に対する強い叱責と期待へと連動していたのである。

重蔵は、弓術は日置《ひおき》流を、馬術は大坪流、槍術は佐分利《さぶり》流、剣術は天羽《あもう》流、砲術は荻生《おぎゅう》流、柔術は楊心流、軍学は北条流を富蔵に学ばし、当代一流の武人に仕立てあげるつもりであった。このため自ら竹刀や槍を持って、富蔵を厳しく指南もした。またそうした武術だけでなく、富蔵に書物を読むことも課した。

だが、それらが富蔵には耐え難いほど辛いのだ。

富蔵が素振り千本を終えた時、和らいだ晩春の陽ざしはかげっていた。

富蔵は冷水で身体を拭き、ホッとして部屋に寝そべった。

「富蔵さま、お食事です」

と、国が呼びにきた時にも、寝そべったまま今後のことを考えていた。

富蔵は、父の世話をする国を無視していた。国は目鼻立ちが整い色っぽさを感じさせる、重蔵好みの女であった。が、富蔵には何ら魅力を感じさせない、ただの下女的な存在に過ぎなかった。

(今夜もそえに会いに行こう……)

そえは、天満町の旅館を兼ねた料亭の娘であった。

富蔵は食事を国と藤と近としたが、父重蔵は家で食事をせず夜の町へ出かけていた。

富蔵は家より金一両を持ち出して佐藤そえのいる天満の料亭へ出かけて行った。街通りには、商家や旅館・料亭などが建ち並んでいたが、その中でもそえの父親が経営する大福屋は二階建の大きな構えであり、店は繁昌していた。下階の飲場は町人たちで賑わっている。富蔵は二階の一室を所望した。

若い女中が酒肴を運んできた。

「そえ殿はいるか」

富蔵は酒をついで貰いながら尋ねた。

「はい、いらっしゃいます」

富蔵は、女中に幾らかの金を握らせた。

女中が席を立ち、入れ代りにそえの母の杣《そま》がやってきた。

「富蔵様、いらっしゃいませ、毎度ありがとうございます」

杣はいんぎんに挨拶をした。

富蔵はそえでなく、杣がやってきたのに失望しながら、

「女将《おかみ》、そえ殿と話したいのです」

と、単刀直入に言った。

「そうおっしゃらずに」

杣は、ふくよかな色白の顔をほころばせて酌をした。

「なあ、女将、私はそえ殿が好きなのだ。夢にまで見ている始末だ。そえ殿と結ばれたいのだ」

「まあ、御冗談を……」

富蔵の飾り気のない真面目な言いぐさに、杣は思わず微笑んだ。

「冗談ではない。心からそえ殿が好きなのだ」

富蔵は初めてそえと会った日のことを忘れてはいない。それは二月下旬のことであったが、夜の街をほっつき歩いて大福屋の前にきた時、左下駄の鼻緒が切れてしまった。

富蔵は大福屋に入り、紐を求めた。

「どうぞ、お使いになって下さいませ」

こう言って奥から紐を持ってきてくれた娘を見て、富蔵はハッとした。色白の聡明そうな顔は、去って行った雅楽姫にそっくりなのだ。言葉遣いも和らかで丁寧であった。

鼻緒をすえ直すと、富蔵は札を言い、娘の名前を尋ねた。胸が高鳴り、娘の端正な優しい姿が眩しかった。

「そえと申します」

そえは心持ち眼を伏せて言った。

それ以来、富蔵の胸にそえが焼きついていた。

富蔵は、一刻も早くそえと話したかった。

「富蔵様、そえはまだ十四歳でございます。結婚はちと早過ぎます」

杣は真面目な顔付で言った。

「いますぐと言うのじゃないが、行く行くは夫婦《めおと》にして欲しいのだ」

富蔵は真剣だった。

「御奉行をなされておられますお父上様がお認め下さいますかしら……お武家様と町人とでは身分も違います故に」

父という言葉を聞くと、富蔵は、一瞬顔を曇らせた。

その時、障子を静かにあけてそえが姿を見せた。

「おお、そえ殿」

富蔵の頬は紅潮した。

そえの整った白い顔に恥じらいの色があった。

「ね、お母様、しばらく富蔵様とお話しさせて下さい」

あどけない口調だが、富蔵を見る眼には熱がこもっていた。

「富蔵、毎晩、どこをほっつき歩いておる。また、あの娘の所か。無断で金まで持ち出しよって、わしは許さぬぞ」

重蔵の額に青筋が立っていた。

「よいか、富蔵、修行しなければならない年頃で女ごにうつつを抜かしよって、旗本の名を恥かしめる位なら、坊主にでもなった方がましじゃ。そえとかいう娘と縁を切れ。これから当分の間、本教寺で蟄居せい」

本教寺は天満にあり、重蔵が懇意にしていた寺であった。

富蔵は正座し、うつ向いて聞いていた。が、心の中で、

(お父上は勝手だ。自分は何人もの女を囲い、荒れた生活をしているのに、息子にだけは厳しいことを要求する……)

と、反発心が強く湧き起こっていた。

「お言葉を返しますが、そえと手を切ることはできませぬ。行く行くはめおとになりとう

存じます」

「何い、馬鹿を言え、わしは許さん。ちゃんと一人前になってから物を申せ」

重蔵の顔は嶮しさの度を加えていた。重蔵は両方の拳を握りしめ、これ以上富蔵が反抗するものならただでは済まさぬ気魄が溢れていた。

「よいな、富蔵、寺に蟄居して頭を冷すのじゃ」

こう言って、重蔵は荒い足音を立てて出て行った。

夜は更け、周囲は森閑としていた。何時のまにか一匹の蚊が富蔵の膝頭のあたりにとまっていた。

富蔵は、蚊をたたき潰した。

富蔵は、まんじりともせず今後のことを考え続けていた。その時、重蔵が、

(旗本の名を恥かしめる位なら、坊主にでもなった方がましじゃ、……)

と、言った言葉がふたたび胸に湧き上った。それとともに、雅楽姫が去った後に父に反抗し、江戸の西善寺に預けられていた時のことが甦ってきた。

西善寺の和尚は、穏やかで人を包み込んでくれた和尚であった。富蔵が家の金を持ち出したり、父に反抗したりするのは、富蔵が母親の愛情に飢えて心がすさみきっているから

だと、理解していた。で、和尚は、富蔵に優しく接するようにし、仏の慈悲があることを無言のうちに示そうとした。富蔵には和尚の気持は理解しようもなかったが、家にいる時よりも心の安らぎを感じていた。

（坊主にでもなった方がましじゃ、か……）

富蔵は苦笑した。が、富蔵の心には、その言葉が打ち消し難い真実味を帯びて迫ってくるものがあった。

（そえを連れ出して家を出たい……）

しかし、家を出ることは近藤家の長子としての武士の地位を捨て去ることを意味していた。父のように文武に秀でた旗本武士になる自信は全くなく、このまま家に留まる限り父との対立が深刻化して行くことは目に見えていたけれども、武士としての地位を捨てることには未練があり、家を出た後はどうなるかの目安もなかった。

そえの母親が富蔵を丁重にもてなすのも、富蔵が弓奉行近藤重蔵の長子の故であることは、富蔵にも分っていた。そえに寄せる自分の愛情は確かであり、そえも自分に好意を抱いていてくれることは疑わなかったが、二人だけの愛情を育てて行くことで結ばれる保証はなかった。

「富蔵様、御立派になって下さい。わたしは富蔵様が好きです」

そえはこの前に会った時に言い、富蔵の憂いを含んだ眼を見つめた。

（しかし、武士の地位を捨てて家を出たとき、果してどうなるものか……）

重蔵に似て額の大きい富蔵の顔は、苦悩のために歪んだ。

夜は白み始めていた。近くの邸から鶏の鳴く声が聞えてきた。富蔵は決断のつかぬまま浅い眠りに陥っていった。


弓奉行としての重蔵の評判は芳ばしくなかった。

重蔵の部下には同心十名が配置され、上役には大坂城中の警固および諸奉行を総轄する定番《じょうばん》の大名がいた。定番の上にはさらに大坂城代がいた。城代は松平右京大夫であった。

同心たちや定番は、重蔵が五度にもわたって蝦夷地を探検し、十一年間にわたって書物奉行までも勤めてきた大物として、初めのうちこそ重蔵を畏敬していたが、重蔵の振舞いがあまりにも尊大で華美なことに顰蹙《ひんしゅく》し、反感を抱くようになっていた。が、派手な遊興をしたり、邸宅に芸者を入れて宴を張ったりする程度で済んでいたらまだよかったのだが、重蔵が上司に何の断りもなしに物見櫓のある邸宅を築造しはじめてからは、出過ぎたことをする破格の男として裏で非難視していた。

そうしたある日、大坂東町奉行与力の大塩平八郎が訪ねてきた。

平八郎は、伊勢山田奉行から東町奉行に転任してきた高井山城守に重用されて、賄賂政治の改革やキリシタンの検挙、奸吏の処断に敏腕を振って、ある者には恐れられ、ある者には深い信頼と名声を博していた。陽明学の研究にも並々ならぬものがあった。

平八郎は、女中が「暫くお待ち下さりませ」と言うのを無視し、つかつかと部屋に上りこみ、重蔵と相対した。

「しばらくの御無沙汰でござったな」

重蔵がニヤリと顔をほころばせて言った。

「しばらくでござった」

平八郎もニヤリと笑った。

平八郎は重蔵ほどには背丈はないが、面長で眼光の鋭い顔と中肥りの全身には、二十七歳とは到底見えない落着きと貫禄が備わっていた。

平八郎が初めて重蔵を訪ねてきたのは四月であった。

その時、平八郎は半時ばかり待たされた。

（何と生意気なことだ。わざわざ参っているのに待たせるとは……）

平八郎は腹が立ってならなかった。座敷を眺め廻すと、片隅に十匁弾の小筒銃が立てかけてある。平八郎はその銃を手にとった。

（よし、これで催促してやれ）

そう呟いて、平八郎は座敷の障子を開け、小筒に合薬を込め、庭に向かって空鉄砲を放った。

轟音と共に硝煙が部屋に満ちた。

と、そこへ重蔵が悠然と姿を見せた。

「なかなかのお手並、感じいってござる」

重蔵の顔はほころんでいた。

「あまりに遅うござるので、催促に一発打ち申した」

平八郎は平然と言った。

「いや、結構でござる。ちと用事があり、お待たせ申した」

二人は顔を見合せて笑った。

「拙者がお訪ねして参ったのは、国後・択捉島まで度々行かれ、書物奉行までも勤めてこられた近藤殿に御挨拶申し上げたかったからでござる。また、蝦夷地のこともお聞かせいただきたい」

重蔵は、わが知己を得たとばかりに喜色満面となった。重蔵は酒肴を準備させた。そして二人は、酒をくみ交わして晩くまで胸襟を開いて談笑した。

それ以来、重蔵と平八郎とは親密な仲になった。

「近藤殿、今日参ったのは、ほかでもない。貴殿が造営中の新邸のことだ。貴殿は上司に届け出て造営しておられるか。そうではあるまい」

「そのとおりじゃ」

そのどこが悪いと言わんばかりの口調である。

「近藤殿が不正な金で邸宅を造ろうとされていないことは拙者がよく存じておる。もし、不正な金ならば、かく忠告致す前に拙者が貴殿を捕縛致しておる。だが、物見櫓をしつらえた邸宅を造れば、物議をかもすことは必定。つまらぬことに揚げ足をとられては馬鹿らしいではござらぬか」

(何を生意気なことを……)

重蔵は腹が立った。

「御忠言は有難いが、私事に関することにも、一々伺いを立てねばならぬのでござるか。拙者には、それが道理だとは思われぬ。貴殿ほどの人が一々伺いを立てねば筋が通らぬと申されるのか」

重蔵の語調は厳しかった。

平八郎はムッとしたが、

「よいわ、貴殿が耳を傾けられねば思いどおりになされるがよい。しかし、世には格式を重んずる小人輩が多いでのう。拙者は近藤殿がそんなことに精力を浪費せず、もっと天下国家のために働いて欲しいと願っている。貴殿と同様に拙者も表面だけをつくろうことは大嫌いだが、大義のためには耐えねばならね時もある」

平八郎の言葉には暖かさと力強さが脈打っていた。

「大塩殿、拙者はいま一度蝦夷地で存分の働きをしたい。貴公が与力として力を発揮しているように、拙者も所を得て存分に力を発揮したいのだ。しかし今は、羽をもぎとられた鳥同然の状態であり、何もできぬ。弓奉行ではのう」

重蔵の顔には無念さが溢れていた
「近藤殿は器が大き過ぎ、桁はずれだ。時と所を得れば猛虎のごとき力を発揮されるのに、惜しいものだ」

平八郎の言葉に、重蔵は、深山要右衛門たちからそれに近い言葉を度々聞いてきたことを思い起こした。

平八郎が帰った後、重蔵は、平八郎の逞しさを思いながら、今もそうだが、何時かはもっとでっかいことを仕出かす男だと考えていた。


文政二年は不満のうちに空しく過ぎていった。

その後も、富蔵の煮えきらない生活態度は一向に改まらなかった。一時は、重蔵の意を受けた本教寺の和尚の監督下で蟄居し、そえのもとへ通うことを控えていたが、密かにそえとは連絡をとっていた。そして、父の勘気が薄らぎ家へ帰ることを許されるようになると、重蔵の目を盗んでそえのもとへ通っていた。武術にも身が入らなかった。そればかりか、夜の街を酒を飲んでさまよっていた時、些細な事で町の若衆と喧嘩するというグレたところも見せていた。重蔵がいくら厳しくしても糠に釘で効果がなく、重蔵は口惜しがるばかりであった。

それに江戸や蝦夷地の状勢が定かに分からないことが重蔵の憂うつを深めていた。しかし、後十日ばかりで新年という日に、重蔵は最上徳内から一通の手紙を受け取った。

徳内は重蔵の安否を問うとともに、最近の江戸の状勢を記していた。それによると、江戸では、松前藩が老中水野忠成に強く働きかけて蝦夷地返還運動を展開しているという。莫大な金が裏で動いている様子である。蝦夷地の状勢は、ゴロブニン事件の解決以来一応の平静を保ち、露艦の襲来はなかった。そのため、蝦夷地直轄による費用負担を免れる意味もあって、松前藩に蝦夷地を返還して、その開発と警備を松前藩に任せる動きが出てきている――こうした動向を憂いた後、徳内は自分のことにふれ、今後は著述と塾の経営に専念して余生を送るつもりである旨を書いていた。そして最後に、「好漢、隠忍自重されよ」と結んでいた。

重蔵は徳内の手紙を読み、老中をはじめとする幕閣たちが、蝦夷地の開発と警備にことなかれ的であり、蝦夷地を松前藩に返す動きのあることに深い失望と怒りを感じた。

（それでは、これまで身命を賭けて探検し、建言してきた拙者の努力が全く無駄になるではないか）

そう思うと、重蔵は居ても立ってもいられない焦躁を感じた。しかし、どうしょうもなかった。

(ともかく、こんな所にくすぶっていずに、江戸へ帰りたい)

と、重蔵は思った。が、幕府が認めてくれない限りはどうしようもない。

重蔵の顔に自嘲と怒りの色が走った。

部屋にいても師走の暮れの空気は冷たく、窓外には粉雪が舞っていた。

重蔵は窓外を見るともなく見ながら、

(ままにならぬ世の中じゃ……)

と慨嘆した。

だが、江戸に帰りたいという重蔵の強い希望は、一年余り後に、その時には思いもしなかったみじめな形でやってきた。

六　江戸召喚

物見櫓をしつらえた新邸ができ上ったのは文政三年（一八二〇）の四月である。

その邸は、日頃の重蔵の派手な遊興と相まって町人を驚かし、

「弓奉行の近藤様とはどんなお人や。いくらでも金をお持ちになっているとみえる」

「聞くところによると、近藤様は稀代の豪傑じゃそうな。蝦夷地で大活躍された人で、弓奉行で小さく納まるお人じゃないそうな」

などと、いろいろの風評が立ち、わざわざ見物にくる町人たちが少なくなかった。

高い物見櫓からは大坂の町並を見渡すことができ、近くの大坂城の眺めも良かった。

重蔵は新邸ができ上った日の夜、派手な祝賀の宴を開いた。自分の部下の同心や交際のある商人たちを呼び、芸者をそれぞれにはべらしての宴であった。

同心たちは問題が起こりはせぬかと案じながらも、女と酒に酔っていた。

重蔵は、上座で芸者に囲まれて上機嫌になっていた。胸中にわだかまっている日頃の不平と、身分という枷《かせ》に縛られているうっ憤が、一時的にも晴れていく思いなのだ。

「わしは女ごが好きじゃ。女ごはわしの気持を和らげてくれるわ」

重蔵は、先程から傍にはべっている芸者に言った。

目元の涼しい、中年にさしかかった優雅な感じの芸者であった。その芸者は千代といい、かつて京都の公卿千種大納言有条《ありたけ》の家に女中として奉公していたことがある。

「どうじゃ、今宵はお前を抱こうかの」

「旦那様がお望みなら……」

千代は小声で言って、媚を作った。

「しかし、目のさめるような若くて美しい、高貴な女はおらぬものかのう。わしを参らすような」

「まあ、旦那様、お憎らしいことを……」

と、千代は言い、重蔵の膝を打つ真似をしたが、暫らくして思い出したように、

「旦那様、京都でも三美人のお一人に挙げてもよいお方がおられますよ」

「誰だ、その女は」

「千種大納言様の御息女田鶴《たづ》姫《ひめ》様でございます」

「何い、田鶴姫とな」

「はい、さようでございます」

こう言って、千代は姫の清純でしとやかな人柄を語った。

重蔵はふと、去って行った雅楽姫《うたひめ》の姿を思い浮べた。雅楽姫は日野大納言の落胤であった。が、田鶴姫は正妻の息女である。

(その後、雅楽はどうしておるだろうな)

千代は、千種家が生活に困窮していることを話した。当時の公卿の多くがそうであったように、千種大納言家でも充分な収入の道がなかった。

「田鶴姫とやらに一度会ってみたいのう。どうじゃ、お前が橋渡しをせい。褒美をとらせるぞ」


それから三ヶ月後、重蔵は、京都の鴨川べりの料亭で千種大納言有条と会っていた。鴨川の水が気持よく、せせらぎの音を立てている。

「ほう……」

田鶴姫の初々しさに溢れた整った容姿を見て、重蔵は思わず感嘆の声を発した。

「近藤殿、お恥ずかしいながら、田鶴をお願い申す」

千種大納言有条は、哀れむようにわが娘《こ》を見た。有条は上品な身ごなしの中年の公卿だが、精気がなかった。

「大納言殿、決してお恥ずかしいことではござらぬ。姫は拙者の妻として愛《いと》しませていただきます」

重蔵は、きっぱりと言った。

田鶴姫は眼を伏し、色白の顔を紅潮させた。姫の耳には、鴨川のせせらぎが大きな音を立てて聞えていた。

（若い日の雅楽《うた》に勝るとも劣らぬ美貌と愛らしさを持つ娘だ……）

重蔵は、十五歳になったばかりの田鶴姫を見つめた。

「ついては、大納言殿、輿入れの時を初秋に致し度く存ずるが、よろしゅうござるか」

「貴殿にお任せ申す」

有条は、一瞬寂し気な表情を走らせたが、頷いて見せた。

「不思議な御縁でございましたな」

重蔵は、芸者の千代から始めて田鶴姫の名を聞いた時のことを思い浮べた。

その時以来、千代は千種家の用人山野辺蔵人を通じて働きかけ、重蔵から預かった金品を千種家と蔵人に度々届けた。

重蔵は蔵人とも会った。そして、遂に田鶴姫を重蔵のもとに遣わすという有条の同意を得ることに成功したのである。

田鶴姫の輿入れは予定どおり、初秋の晴れた日に行なわれた。だが、公家の息女をめとることは旗本には禁じられていた。そこで重蔵は、田鶴姫を山野辺蔵人の娘と詐称して輿入れさせた。

だが、田鶴姫の美貌と若さは周囲の者の注目を集め、誰言うとなく姫の素性が知れわたった。

重蔵は、夜ごとに田鶴姫を優しく愛撫した。姫は恥じらいを見せながらも、徐々に色艶を増していった。

だが、重蔵のそうした振舞いは、水野定番の怒りをつのらせた。

「近藤は不埒な男じゃ。物見櫓の邸といい、目にある華美な遊興といい、また、公家の娘を妻にすることといい、重ね重ね分不相応なことを仕出かしよる。しかも、われらに無断で事を運ぶとは……」

水野定番は、それまでに度々城代の松平右京大夫に重蔵の分不相応を注進していた。しかし、城代は重蔵の蝦夷地探検の功績と学識を高く評価していたので、これまで寛大であった。が、明らかに法度に反することを認めるわけにはいかず、幕府に注進することになった。

その注進を受取った老中水野忠成ら幕府の要人は、重蔵を江戸へ召喚することに決定した。


父重蔵と対立し、勘当されるばかりになっていた富蔵が家を出奔したのは、重蔵の江戸召喚が決定する前であった。

息子には厳しいが、女色に走り続ける父に対する不満と不信の念、自分の将来に対する焦躁が富蔵をますます荒れさせていたのである。

出奔の際、富蔵は具足櫃の錠前を捻じ切り三十両を盗み出していた。

そのあとには、

「武者修業のため、三ヶ年間各地を廻って参ります」

という書置きが残されていた。

だが、それは口実であり、そえを連れ出してどこかで家を構えるためであった。が、富蔵はそえの両親にすげなく断わられた。

「家をお継ぎになり、お父上様がお認めの上でお申し込み下さいましたなら、喜んでそえを貰っていただきます」

と、母の杣は言い、そえを一室に閉じこめて富蔵に会わせなかった。杣は重蔵から、富蔵とそえを会わせないように、厳しく叱責されていた。

自棄的になった富蔵は、京都に飛んで二条新地の遊廓に入り浸った後、江戸へ行き、今後の身の振り方を相談するために以前に預けられたことのある西善寺の和尚を訪ねた。

そこで、富蔵は和尚から強く戒められ、父に詫びて出直すか、修道僧として寺で修業するかの選択に迫られ、富蔵は後者の道を選んだ。それならばと和尚は、親しくしていた越後高田の仏光寺の周円和尚を紹介した。

富蔵が姿を消したあと、重蔵は家来に心あたりを捜させていた。やがて、富蔵が高田へ行ったとの知らせを西善寺の和尚から受けた時、

(不肖の軟弱者奴が……)

と、天を仰いで嘆息した。

しかも、富蔵の家出に追い打ちをかけるように、翌年の二月、幕府から差し遣わされた使者浜田三之丞が書状を持ってきた。

「勤方不相応の廉《かど》有《これ》レ之《あり》御役御免　小普請入りを命ず」

小普請入りとは、幕府に勤めていた者が家禄の没収こそ免れるが、非役になることであり、重蔵がかつて四度目の探検を終えて帰府した時とは異なり、今回の小普請入りは一種の処罰に当っていた。

その令達を受け取った時、重蔵は嶮しい眼付きになり、

「ううっ……」

と、唸った。

三之丞は重蔵の血相に恐れをなし、早々に引き揚げて行った。

その夜、重蔵は物見櫓の新邸で田鶴姫を愛撫していた。田鶴姫は、初々しい恥じらいを依然として示しながらも、重蔵のなすがままに任せていた。

「田鶴よ、お前とも別れねばならなくなったのう。僅か半年足らずでお前と別れるのは辛いが、達者で暮せよ」

一つの行為がすんだ後、重蔵は姫の整った色白の顔を愛撫しながら言った。

田鶴姫は眼を閉じて黙していた。

「お前は若くて美しい。お前をわしの妻にしたが、これ以上、留めておくわけにはいかぬ。惜しいがやむを得ぬ。お前は幸せに暮せよ……」

「田鶴は寂しゅうございます」

「可愛いことを言ってくれるのう」

田鶴姫の眼に溜った涙が、細々と燃える蠟燭の火に映えて光った。

重蔵は涙をふいてやった。


(水野忠成の奴め……またしても陥れよったわ……)

身から出た錆とはいえ、重蔵は口惜しかった。蝦夷地探検で大きな働きをなし、かつ書物奉行として精一杯勤めてきた者を小普請入りにするとは非情極まることではないかと重蔵は思うと同時に、否応なく羽根をもぎとられて行く自分の運命が悲しかった。この年の初めに幕府が遂に松前藩に蝦夷地返還を決定したことも腹立たしかった。そして、自分が時代から置き去られて行くようにも思われた。

(おれに権力さえあれば……)

と、重蔵は呟いた。

だがそれは、戦国の時代ならともかく、身分秩序の固定した幕制のもとでは到底望んでも得られないことであった。重蔵は、がんじがらめにされている自分を思わざるを得なかった。

数日後、重蔵は田鶴姫を京都に帰した。

江戸へは、富蔵を除いて二年余り前に下坂した時と同じく、国と藤と近を連れて帰ることにした。藤は早くも十三歳、近は十一歳の娘になっていた。国は田鶴姫が迎え入れられた時にも、小妻の地位に甘んじて重蔵に仕えていた。

江戸へ帰る前の日、大塩平八郎が訪ねてきた。

「貴公ともさらばじゃ」

重蔵は沈うつ気に言った。

「無念じゃのう。近藤殿はもっと自重すべきであった。つまらぬことに揚げ足をとられてしもうた。貴公の器の大きさが却って幕府には目障りなっているのだし、これからも理解されることはあるまい。戦国の世ならば、近藤殿は必ず一国の将たり得る人物なのにそんな時勢でもない。しかし、近藤殿には学識と文筆の才がある。江戸に戻ったら、経世済民の著述にでも専念されたがよろしかろう」

その時、国と女中が酒肴を運んできた。

「大塩殿、今宵は飲みあかそう。当分、会えないからな」

重蔵は、平八郎の盃になみなみとついだ。

「拙者は思うのだが、大塩殿は大器たりうる人物じゃ。これまで多くの輩に接してきたが、貴公ほどの人物には会わなかったわ。しかも貴公は拙者より大分若い。拙者の轍を踏まずに進むことだな」

「それにしても、いまの幕府は賄賂政治に堕しきっておる。上がそうなら、下まで見習いよる。嘆かわしいことだ。百姓、町人の多くは生活に窮しておるのにのう」

二人は酒をぐいぐい飲み、話は幕政批判から陽明学のことにまで及んでいった。が、その時、平八郎の胸中には、十六年後の天保八年（一八三七）に義兵を起こす謀反の気持はなく、ただ与力として断固不正を正すことのみを考えていた。

「知行合一……この大切さを拙者は陽明学から学んだ。近藤殿、陽明学は良知に至る実践の学じゃ。身の栄達のためにする御用学問ではない。拙者は、近江の片田舎で没した陽明学者中江藤樹にひかれておる」

平八郎が名指した中江藤樹（一六〇八～一六四八）は、徳川初期の陽明学者であり、幕府の御用学者であった林羅山の学問姿勢を批判した。著述も多い。しかし、平八郎が何よりも藤樹にひきつけられたのは、藤樹が武士の地位を捨てて生まれ故郷近江の小川に帰り、母に孝養を尽くしつつ、門弟と隣人の教化に努めた、その学問と真理に忠実な生き方と実践に対してであった。そして平八郎は、厳しく克己の修業を積んで大義に生きるべく努めていたが、それだけに他人の不正に対しては厳しく、殊に庶民を犠牲にして私利私欲を図る者への不満と憤りが強かった。

話は尽きなかった。

翌朝、平八郎は分厚い手で重蔵の手を握りしめ、

「近藤殿、お達者でな。機あらば江戸へお訪ねすることもあろう」

と言って、重蔵を見つめた。

それに応えて、

「丈夫、涙なきに非ず」と、重蔵はぼそっと言い、「貴公のことは忘れんぞ。大塩殿は自重して進まれよ」

重蔵の毛の多い分厚い手が、平八郎の手を強く握り返した。

冬空はどんよりと曇り、江戸から大坂へ向かった時と同じく、粉雪がチラついていた。

七　無頼の徒

滝野川村正受院寺に隣接して建てられた重蔵の住居は、静かにたたずんでいた。正受院裏にある不動の滝が近くの石神井川《しやくじい》に注ぎ込み、その音が重蔵の家にまで聞えてくる。周囲にはうっそうと樹々が茂っている。これまでの、重蔵の華美な邸宅と生活とは一変した質素な蟄居生活である。家には小妻の国と中間二人、女中一人を置いているだけである。

大坂から江戸へ戻った重蔵は、書物奉行時代に住んでいた蠣殼《かきがら》町の本宅を銀座の御用地として幕府にとり上げられ、その替地料として六百五十両を下賜された。その金で滝野川に土地を求め、擁書城に置いていた自著と珍奇の古書を保存する蔵書庫と住居を建てた。蔵書庫は書斎をも兼ねていたが、それを滝野川文庫と名付けた。

この住居へは年老いて七十歳を越えた深山要右衛門をはじめ、最上徳内、平山行蔵、太田南畝《なんぽ》、谷文晁等々の旧交の名士、文人たちが訪れていた。

重蔵は、名目上は太田内頭《くらのかみ》配下の小普請入りとなっていたが、事実上は無役の蟄居の身であった。

重蔵は、書物奉行時代に物議をかもしながら建てた鎗が崎の別荘に深い愛着を持ち、一刻も早く塚越半之助から別荘を返還して貰いたいと考え、半之助に迫っていた。

が、半之助は、それまでの態度を豹変して別荘を頑として明け渡そうとはしなかった。しかも半之助は、重蔵が大坂へ行っている留守中に勝手に別荘を改築し、玄関つき、長押《なげし》つきの座敷として自分の店の一部に使用していた。また、別荘と店との間にあった垣根を取り除き、三百余坪を自分の庭としていた。そして、半之助の店は益々繁昌していた。

「これでは全く約束が違うではないか。お前を信用して別荘の管理と保存を任せたにもかかわらず、勝手に手を入れて使用するとは何事か」

重蔵は、江戸に帰って間もない頃、半之助に厳しく迫った。

ところが、半之助は、

「何も近藤様との約束を違《たが》えたわけではございません。管理と保存を全面的に任されたればこそ、その権利にもとづいて手を入れたまでのこと、返還の期日もしかとは決めておらず、その証文もございませぬ。折角かように管理してきたものを、今すぐ返せとおっしゃられるのは、御無体というものです」

半之助の図太い態度に、重蔵は唖然とするとともに激怒した。しかし、半之助は精悍な顔にふてぶてしい笑みを浮べた。

「お前がそのように屁理屈を申して返さぬとあらば、訴えてでも返還してもらうぞ」

「面白い、訴えられるものなら訴えなさるがいい。訴えたいのはこちらです。近藤様は邸内に勝手に神社と玉川上水の水を引いた滝をお造りになられたが、それをいまも非難する世人が多いのですぞ。そのために迷惑を蒙っているのは、当方です。御公儀にそうように別荘の改造も厭わない私ですぞ」

半之助は逆にスゴんで見せた。が、半之助がそのようような横暴に出てくるのは、重蔵に往年の威勢が失われて滝野川に蟄居する身であるのを見透かしてのことであり、また、武士が財力を持った商人の力に頼り、武士の力が低下するという風潮が、社会に浸透しつつあったこととも無縁ではなかった。

重蔵は一刀のもとに半之助を斬り捨てたい衝動を覚えたが、お役御免の蟄居中の身では耐えなければならなかった。下手に事を起せば、身の破滅になりかねないのだ。

それ以来、半之助は、十数人の無頼の徒を傭い入れ、返還を拒否するのみか、逆に重蔵を罪に陥れて別荘の乗っ取りを図るという横暴な態度を強めるようになってきた。

(半之助ごとき百姓町人がなめくさりおって……)

重蔵は、自分を取り巻く時勢の移り変りに悲哀を感じて口惜しがった。

半之助は乗っ取りを図るために勘定奉行の石川忠房や村上三郎右衛門らにも働きかけていた。忠房や三郎右衛門たちが、重蔵を快く思っていないことを半之助は知っていたからである。

半之助は忠房や三郎右衛門らの加勢を頼みにして、別荘の改造と管理権の保障を町奉行所に願い出た。

だが、重蔵が邸内に造った浅間神社や滝については、すでに以前に取り沙汰され、それが弓奉行転任への間接的な一因となったことでもあり、また半之助の言う管理権云々は筋が通らない理不尽なことであったので、半之助の訴えは問題とされず敗訴となった。それのみか逆に、半之助の屋敷と別荘の間にふたたび垣根が作られ、別荘は重蔵の手に戻ってきたのである。

そのため半之助は、重蔵を深く怨み、ことごとく重蔵に嫌がらせをするようになった。

重蔵が別荘の見廻りにくると、無頼の徒に小石や雑物を投げさせたり、垣根の一部を取り毀したりした。

文政四年も暮れようとしていた。

そんなある日、重蔵は訪ねてきた最上徳内と話していた。

六十七歳になった徳内の頭には白髪が増え、丸い実直な顔にも皺が増えていたが、徳内はすこぶる元気であり、蝦夷地と外国の情勢への関心は少しも衰えてはいなかった。二人は、幕府が松前藩に蝦夷地を返還し、松前奉行所を廃止したことを話題にして、情勢を憂えた。

「平穏を保っているいまの時期にこそ、蝦夷地の防備を固め、開発を進めるべきだがのう」

と、徳内が続けた。

「しかし、それを表だって言うことが憚られるようになってきたわ。近藤殿を蟄居同然の身に置いているのも、かような情勢の然らしむるところが大きい。ありていに言えば、近藤殿も私も幕府には不要になってきたということだな」

しかし徳内は、アイヌ語辞典、実用的数学書、医学書等の著述をしながら門人に教え、学者として心ある者に尊敬されていた。

「徳内殿は偉い。それにひきかえ、拙者は、つまらぬことに振り回されておる」

重蔵の顔に自嘲の色が走った。

この時、戸外から駆けてくる者があった。鎗が崎の別荘の近くに住んで雑貨商を営む商人の手代であった。

「近藤様、大変でございます。塚越半之助が近藤様を闇討ちにする計画を立てているようでございます。無頼漢同様の半之助の振舞いに腹が立ち気をつけておりましたところ、その不穏な動きを知り、お知らせしなければと急いで駆けつけて参ったのでございます」

中年の手代は息をはずませていた。

「よくぞ知らせてくれた」

重蔵の眼は憤怒に燃えた。

「近藤殿は身辺何かと大変じゃ。が、くれぐれも隠忍自重なされい。いま、事を起こせば、只事ではすまぬ。しかし、無茶な徒輩がおるものだな」

手代が帰った後、徳内はこう言って重蔵をいさめた。

「残念だ、徳内殿。拙者はこの始末だ。徳内殿のように著述に打込まねば駄目じゃな」

重蔵は徳内の意見を採り入れ、半之助一味と直接対決することを避けた。そして、半之助の動きを手紙にしたためて下男に持たせ、奉行所の先手与力をしている深山要右衛門の息子幾之進に知らせた。

知らせを受けた幾之進は、急ぎ手を打ち、半之助を訊問した。半之助は頑強に闇討ちの計画を否認し、一応事無きを得た。が、半之助の逆恨みは深まるばかりであった。

重蔵は隠忍自重を重ねながら、訪ねてくる名士・知己の者と談笑して宴を張ったり、著述をしたりして日々を送っていた。著述としては、『金沢文庫考』や『好書故事』『憲教類典』等に着手した。

翌文政五年の春、国は三男の吉蔵を生み、初夏に長女藤は奥御右筆浜田三之丞の息子のもとへ嫁いで行った。

半之助との対立を除いては、比較的平穏な日々であった。

だが、重蔵の憂うつと満たされぬ心は深まるばかりであった。望みを断たれて生きることに空しさを感じ、

（何故、幕府はおれを重用してくれないのか。存分に仕事をするものを……）

と、愚痴ることが少なくなかった。酒を飲んだとき、特に愚痴が出た。

そのような重蔵を、交友していた太田南畝は、「ヨフトホヘル」（酔うと吠える）と渾名を付けた。

だが重蔵は、人に媚を売り、権威を傘に着る者を忌み嫌った。

重蔵が住む滝野川附近は、鷹を使って狩をするのに絶好の場所の一つである。そのため、将軍家の御鷹を預かる者がときどき姿を見せていた。

御鷹を預かる鷹匠は、

「御鷹、御鷹」

と、人を見ると連呼しながら威張って通っていく。

五代将軍綱吉の時代に、犬が町人の命よりも大切にされた――それほどの常軌を逸した状態ではなかったが、御鷹と出会った時には優先的に道をあけねばならなかったし、鷹匠が旅館に泊まる時には、威張った鷹匠の機嫌をとらねばならなかった。

ある快晴の日のこと。

重蔵は滝野川の野道を散策していて、鷹匠に出会った。

「御鷹、御鷹」

と、鷹匠は胸を張り、鷹を肩にとまらせて歩いていた。だが、重蔵は道をあけず、ニヤリと笑うと声を張りあげて言った。

「お人、お人」

鷹匠は重蔵を睨んだ。だが、重蔵は悪びれずに道の中央を真直ぐに歩んできた。六尺豊かな重蔵の威風に、鷹匠は道を避けた。

（将軍の威を借る馬鹿な奴だ。そんな奴等が大手を振って世の中にうろうろしておる）

重蔵は苦々しく呟いた。

重蔵は、蝦夷地探検の時に着用した甲冑と大刀を身にまとい、手に采配を持って椅子に腰かけていた。往年の烈しい気迫と若さは失われていたが、とみに沈痛の度を加えた重蔵の甲冑姿は、見る者に重さと落ち着きを感じさせた。

その重蔵の姿を見つめながら、谷文晁が絵筆を動かしていた。文晁は、重蔵より八つ年上の六十歳であり、重蔵との親交は深かった。

文晁は、その磊落な性格を反映して荒く力強い筆致で描いていた。

秋の陽が柔らかく室内に射している。

「これでどうだ」

文晁は長さ二尺半ばかりの紙を持ち上げて重蔵に見せ、ニッコリと笑った。

「うーん、さすがに文晁だ。早速、これをもとに石像を作らせよう」

重蔵は頬をゆるめ、満足気に頷いた。

「気に入って貰って嬉しい。石像を楽しみにしておるぞ」

二ヶ月ばかり後、石像ができ上ってきた。文晁が描いたのと同じ大きさの像であった。

重蔵は、それを正受院と邸の中間にある洞窟の中に安置した。重蔵としては、昔の探検時代をなつかしむとともに、羽根をもぎとられた鳥同然の不遇をかこっている自分の存在を、再び世人に認めさせたいという自己顕示の心が働いていた。

重蔵が石像を安置したことは、子安産祈願のために正受院を訪れる町人によって広く知れわたった。

「立派な石像じゃ。この凛々しいお姿は、若い日の近藤様のお姿じゃ。近藤様は偉かったのだのう」

「この滝野川に名物が一つ増えたぞ。良い記念物ができたぞ」

町人たちは、思い思いの感想を言って賞める者が多かった。

しかし、中には、

「甲冑に身を固めた将帥の姿は、ちと大袈裟過ぎるのではないかな」

と、囁く者もあった。

塚越半之助も、この噂を耳にしていた。そして密かに石像を確かめるとともに、重蔵が石像を作ったのは、お上の権威をないがしろにして、己が武功を誇示しようとするものであると人に言いふらし、石川忠房や村上三郎右衛門にも注進した。

忠房と三郎右衛門は、重蔵が懲りずに、またまた分不相応なことを仕出かしたものと判断し、それを寺社奉行に報告した。寺社・仏閣・立像等に関することは寺社奉行の管轄であった。寺社奉行は譜代大名から選ばれていた。

寺社奉行の松平伯耆守宗発は、どう処理したものかと事情の究明に乗り出した。

半之助を初めとする、重蔵を咎めようとする者の動きと噂は、重蔵の耳にも入っていた。

重蔵は烈しい怒りと悲哀を覚えつつ、松平寺社奉行あてに詳しい弁明書を書き始めた。

重蔵は、

「私墓地構の内洞穴え差置候甲冑を着候石像の儀は去る寛政十午年度蝦夷地為御用彼地え被差遣候砌《みぎり》東は魯西亜境……」と書き始め、困難辛苦に耐え、身を賭して国後島から択捉島へ渡ったこと、その航海の中で甲冑を着用して武門の誇りとお上の御威光を示そうとしたこと、択捉島で「大日本恵登呂府」の標柱を押し建てたこと、石狩川の神居《かむい》古潭《こたん》で舟が転覆して危く一命を失いかけたことなどの情況を、事細かに書き進めた。そして、終りの方で、勤方不相応の廉《かど》をもって小普請入りを申し渡されたこと、しかし、老いて忠勤の志を持して励もうとしても、天命は何程もないこと、そのため、子孫に武功の形見を残して、彼等に一層忠勤の志を起こさせようとして石像を建てた旨のことを書き、

「石像も是亦不相応なと申事に候はば右石像は筏に乗せ東海に為浮候て不苦候……」

と、結んだ。

重蔵は、これを書いているとき、久方ぶりに血潮が躍り、若き日の誇りに満ちた姿が浮び、胸が詰まる思いを味わっていた。そして書き終ると、胸中に悲哀の情がこみ上げ、思わず唇を噛みしめた。打ち寄せてはくだけ、打ち寄せてはくだけ散る波濤のような自分の生の営みが口惜しかった。

この書状を読んだ松平宗発は、重蔵の弁明と心痛に動かされ、たかが石像のことで大袈裟に罪にすることはあるまいと、不問にすることに決定した。

明けて文政七年（一八二四）になった。小普請入りしてから、早くも四年目である。

この年の五月、国は四男の熊蔵を生んだ。

また、六月には次女の近が国の親戚方に嫁いで行った。

しかし、高田へ行った富蔵からは何の音沙汰もなかった。

重蔵は、富蔵を勘当し、最早わが子に非ずと考えてはいたが、蟄居同然の境遇で老いていく身を思うとき、脳裡に二十歳になる富蔵の姿が時折思い浮かんでくる。

（一体、どうしておるのか、軟弱な馬鹿者奴が……）

と思うが、富蔵の姿を全く消しさることができない。そして心の奥底では、富蔵が江戸へ帰ってくることすら望む気持がうごめいているのだ。

そうした重蔵に、国はよく仕えた。以前のように華美な女遊びをせず、憮然として読書と著述に精を出し、交友によって気をまぎらわしている重蔵に、国は妻としての自覚を深め、心から仕えていた。目鼻立ちの整った面長の顔と中柄な身体には、昔の色っぽさは失せていたが、優しさと忍耐強さに磨きをかけた振舞いが、重蔵の心をとらえた。そして吉蔵と熊蔵を生んでからは、落着いた中にも生気の感じられる中年女の魅力を見せていた。

「旦那様、富蔵様の御消息を西善寺の和尚様からお確かめ致してはいかがなものでしょうか」

国は、重蔵の心の動きを察して恐る恐る尋ねた。

すると、重蔵は、

「馬鹿を申せ。勘当した富蔵じゃ」

と、一喝した。

それ以来、国は富蔵のことには触れなかったが、重蔵の心の動きが国には分かっていた。

ある日、重蔵が親しくしていた平山行蔵《ぎょうぞう》が訪ねてきた。平山行蔵（字子龍・名は潜）は、重蔵と間宮林蔵と共に「文化三蔵」と世人から呼ばれた傑出した武士であり、文武両道、特に剣道（心貫流）と兵学に優れ、蝦夷地の防備にも深い関心を持ち、最上徳内とも親交していた。重蔵より十二歳年上であった。

「重蔵、だいぶ不景気な顔をしているな。おぬしともあろう者が何じゃ。しっかりせい」

行蔵はずけずけと直言した。

「察するところ、石像と別荘の問題で頭を痛めているようだが、眼を天下国家に向けて精励し、時機を待つのだ。おぬしはかって拙者に意見したことがあったろうが……おぬしが拙者に意見したことを、今拙者はおぬしにそのまま返したい」

行蔵に意見したのは、重蔵が町与力見習いを務めながら、「白山義学塾」を開いて近隣の子弟などに学問を教えていた若き日のことである。その後、重蔵は、湯島聖堂で行われた幕府の登用試験に最優秀で合格して長崎奉行手付出役に登用され、やがて蝦夷地探検にも出かけることになった。

その若き日、重蔵は、行蔵の父が周囲のざん言によって罪に陥《おと》されたため、行蔵が江戸から甲府に呼び戻されて行くことになったのを知り、熱意をこめて「送る序」と題する書信をしたため、三十七歳の行蔵にズバリと意見し、励ましたのである。

「平山子龍今度甲陽に謫《たく》せられ候事、乃父《だいふ》の過、姦邪の讒《そしり》より事起り候といへども、子龍亦罪なきにしもあらず候。……」

こう書き始めて、子龍が孝悌の道を忘れて親をかえりみなかったこと、たとえ左遷させられる憂身にあっても天下国家のことを忘れるべきではないこと、人とは異なろうとせず、中庸の道を重んずべきこと、甲府に到ったならば、日々静座読書し、君命をかしこみ、令法を畏れ、ただただ二親を養うことに努め、黙々として日々を過ごして一、二年に及び、孝悌道徳に秀れるに至るならば、天眷《てんけん》（天の情け）が自ずからあるに違いないという意味のことをしたため、最後に、「子龍取る事あらば是を取れ、取る事なくば焼失して可也」と結んでいた。

重蔵は意気盛んであった若き日のことを思い浮かべながら、行蔵に頷いてみせた。

「羽をもぎとられた鳥同然の身だが、自重して時節を待とう」

重蔵はうめくように言った。その時、重蔵は、大塩平八郎が言ったことも思い浮かべた。

（無念じゃ。近藤殿はもっと自重すべきであった。つまらぬことに揚げ足をとられてしもうたのう……）

しかし重蔵は、強欲な半之助だけは許すことができないと思った。武士を武士とも見ずに横暴を働き、何事かあらば陥れようと企む半之助だけは許すことはできない。重蔵は半之助との衝突を避けるために別荘に行くことから遠ざかっていたが、いつまでも今のような状態のまま放っておくわけにはいかないと思った。

八　望郷

（あれから、早くも一年余りになる……）

富蔵は、仏光寺の本堂の縁側に座って物思いに耽っていた。

前方に広がっている高田平野は、三月の下旬とはいえ、残雪が田圃を被い、広い境内も雪で埋もれていたが、田圃の所々に植えられた榛《はん》の木は漸く芽を吹き始め、ときおり飛んで行く渡り鳥の群も確実に春が近づいていることを告げていた。

（……そえはどうしているだろうな。そえに会いたい……）

富蔵は、三十両の金を持ち出して家を出奔した時のそえの母親の冷たさを思い浮べながらも、そえの白いうなじと整った顔を打消すことができなかった。未練がましいことではあるが、そえに会って今一度本心を確かめたいという思いに駆られるのだ。

その時、静かな足どりで周円院主が姿を見せ、

「何をぼんやり考えておる」

と、声をかけた。

「また、恋しい女のことでも考えておるのじゃな」

院主の丸い穏やかな顔は微笑んでいた。

図星を指され、富蔵は赫くなってうつ向いた。

「煩悩の犬は追えども去らずか……が、富蔵、お前は修行中の身であることを忘れるでないぞ」

「はい……」

富蔵は正座し、かしこまって言ったが、つと顔を上げると、思いつめた眼差しで周円院主を見つめた。

「和尚様、お願いがございます。未練がましいこととはいえ、わたしにはそえという女が忘れられませぬ。一度は思い切るべく仏門に身を寄せ、和尚様にお教えいただきながらも、女がいかにしても忘れられませぬ。今一度大坂に参り、女の真意を確かめとう存じます」

「では、この寺を出ると言うのじゃな」

「いえ、そうではございませぬ。誠に申し訳なく、恥ずかしくも存じますが、いま一度女と会った上で進退を決しとう存じます」

「しかし、娘御が断ったら、どうするつもりじゃ」

「女をきっぱりと忘れ去り、生まれかわって修行に打ち込みます」

「それはできまい」

「と申されますと？」

「人間は生涯、煩悩に悩まされるものじゃ。親鸞御聖人さえもそうだった。そう簡単に好いた女は忘れられんぞ。だが、お前がそれほど言うのなら、大坂へ行ってこい。行って確かめてこい。仏の大悲がお前を良きようにお導き下さるじゃろ」

富蔵は、両手をついて深く頭を垂れた。中柄の周円院主が大きな存在に見える。

院主は、修行には厳しかった。毎日、寒い日も暑い日も、朝未明に起きて読経して念仏することは勿論、読書にも人並以上のものがあった。しかも、自己に厳しく他人には優しい、仏寺の多い高田でも秀れた僧の一人と賛えられていた。

富蔵は、院主に勧められて「父母恩重経」を読んでいた。托鉢にも出かけていた。しかし、そえへの未練をどうしても断ち切れなかったのである。

雪が陽春の輝きですっかり解けた頃、富蔵は粗末な墨染の僧衣を身にまとって高田を発ち、信濃の木曾路を通って大坂へ向かって行った。萌え出る山々や樹々の新緑は、恰も富蔵の弾む心を象徴するかのように陽に映えていた。陽が落ちて暗くなると、富蔵は野宿をして身体を休めた。

だが、大坂に近づいた時、富蔵の弾んだ心は急速に萎《な》え、それに代って不安が大きく頭を擡《もた》げてきた。

一年余ぶりに見る大坂城は、以前と同じくどっしりと聳え、桜の樹々が美しく咲き誇り、道行く人々は太平の春を謳歌しているように見えた。富蔵は父が解任されたことは人伝てに聞いて知っていたが、父が造った物見櫓のある邸宅は公収され、弓奉行の役邸宅には他の役人が住んでいることをはっきりと確かめた時、富富の脳裡に、父重蔵の無念さに憤る姿を思い、不信を抱いて反抗した父が憎悪の対象としてではなく、安否を気遣う対象として浮かび上った。

それから富蔵は、通い慣れた道を通り天満町のそえの家へ行った。

昼下がりなので、大福屋には数人しか客がいなかった。

「ご免下され」

富蔵は暖簾をくぐり、勇気を振い起こして声をかけた。客が、汚い坊主姿の富蔵を怪訝そうに見た。

「いらっしゃいませ」

声をかけて出てきたのは、顔見知りの女中である。

女中は、一体誰かという顔で富蔵を見つめていたが、それが富蔵だと分かると、

「あっ……」

と言って、立ちすくんだ。

「近藤富蔵でござるよ。そえ殿にお会いしたくて参った」

富蔵は無理に頬をゆるめようとしたができず、真剣な顔付きになっていた。

女中があたふたと奥へ駆け込んで暫くすると、恰幅《かっぷく》のよいそえの父親を先頭に、母親の杣が夫の背に隠れるようにして姿を見せた。杣は、ふくよかな色白の顔を引き締め、胡散《うさん》臭そうに富蔵を見つめていた。

「何しに参られたか」

父親の福吉が、詰問するように言った。

「何しに参られた。そえはあんたと何の関わりもない」

福吉の眼は厳しかった。

「そえ殿に会わせて下され。そえ殿にお会いして本心をお聞きしたくて、遠路をこうして訪ねて参ったのです」

富蔵は必死に言った。

「そえにはすでに御婚約の方が決まっているのですよ。うるさくつきまとわれては迷惑千万ですよ」

柚が吐き捨てるように言った。

その瞬間、富蔵の大柄な身体がふるえ、広い額の顔が蒼白になった。

「な、なんと……わたしがそえ殿を思う真情を踏みにじられたのか」

「人聞きの悪いことを言わないで下さいよ。何もあなたを欺したわけではなし、そえがどなたと婚約しようと、こちらの勝手ですよ」

「そえ殿が本当にそう決心されたのか」

富蔵は、何時かそえが、

「富蔵様、ご立派になって下さい。わたしは富蔵様が好きです」

と、言ったことを思い返した。

「何を未練がましく、つべこべ言うのだ。帰れ。お前はどういう身分だと思っているのか。昔の御書物奉行、弓奉行の御子息ではないのだ。そえをお前に会わせるわけにはいかぬ。帰れ。お前が帰らねば、人を呼ぶぞ」

「どうしても、そえ殿に会わせて下さらぬか」

この時、奥の方でそえらしい娘が動く気配が見えた。

「あっ、そえ殿……」

富蔵は、思わず前へ出ようとした。が、富蔵の身体は福吉の腕力で弾き返され、戸外へ突き出された。

「何だ、乞食坊主が」

戸口がピシャリとしめられ、富蔵を嘲笑する声が追って響いてきた。

富蔵は血相を変えて戸口に立っていた。


「いいか、富蔵。泣きたくば思いきり泣くがよい。泣いた上で、全ての計らいを捨てて御仏にお任せするのじゃ。お前を裏切ったかに見えるそえという娘御にしても、親にしても、お前の心を深く磨くための御仏のお計らいかもしれぬぞ。移り易い人の心に頼らずに仏のお救いを信頼し、念仏を唱えるのじゃ」

周円院主は、諄々と言った。

富蔵は両手をつき、蒼ざめた顔で聞いていた。

「しかし、よう耐えて帰ってきたのう」

院主の顔には微笑みが浮んだ。

「……和尚様、申し訳もございませぬ。富蔵、心を入れかえまして修行致しまする」

「うむ……」

院主は頷いて見せた。

翌日から、富蔵は念仏に努め、他の三人の修行僧とともに托鉢や寺の雑事や読書に精を出していた。

しかし、周円和尚が言ったように全てを仏に任せきることはできなかった。ましてや、裏切ったそえとその親が、自分の心を磨き深めるための仏のお計らいなどとは到底思えなかった。人の心の醜さと頼りなさを身に沁みて感じはしたが、自分がそえの両親から冷たく突き離された最大の原因は、勘方不相応の故をもって父が弓奉行を解任されたこと、しかも自分が父から勘当された一介の見習僧に過ぎないことにあったと思われてくる。

(自分が若し旗本として家督を継ぎ、嘱望された人間であったならば……)

という未練がましい思いが、暗雲のように心に浮んでくる。

それにつけても、解任されて江戸へ戻った父重蔵の口惜しさと安否が気遣われた。

陽春が過ぎ、夏と秋も過ぎ、高田へきてから三度目の冬がきた。

越後高田の冬は特に雪深く寒さが厳しい。高田平野から吹きつける寒風が本堂を絶え間なく襲い、本堂の前の広い庭園も樹々も、すっかり雪に被われてしまった。

富蔵は、もうすっかり高田の自然と人情になじむようになっていた。江戸や大坂などとは違い華美さは全くないが、土地には素朴で暖かい人情味が漂っている。それが富蔵の心を慰さめ、寂しさを和らげてくれるのだ。そして、裏切られた口惜しさを内に秘めながら、寒中の本堂での念仏や雪中の托鉢の修行の日々に明けくれていた。しかし、そえへの思いに代って父重蔵の失意の姿が浮かんでは消え、消えては浮かぶようになっていた。父から勘当された身であり、父を憎悪し続け遂に出奔した身であることを百も承知しながら、父が自分に苛酷と思えたほどに厳しくしたのは、自分を一人前の旗本武士にするためであったのではないかと、今になって思えてくる。そして、近藤家を再興するのは自分以外にはない、という思いが擡げてくるのだ。

富蔵は、この気持の移り変りを自分でも理解しかねていた。仏門に身を置きながら、父のことを思い、旗本武家の長子である自分の立場を考えるのは、明らかに矛盾している。信仰に生きる心と現世の利益を求める心とは両立しない。そのことを富蔵は理屈では分かっていた。

その心の葛藤に打ち勝つために、富蔵は経文を読み、

「南無阿弥陀仏　南無阿弥陀仏」

と、熱心に唱えるのだが、煩悩の心は去らず、打ち消そうとすればするほど、逆に江戸にいる父のことが思い出された。

富蔵は『歎異抄』も熱心に読み、念仏一途の行によって、雑念に陥ることを戒めようとした。

「よろこぶべきこころをおさへてよろこばせざるは煩悩の所為なり。しかるに仏かねてしろしめして、煩悩具足の凡夫とおほせられたることなれば、他力の悲願はかくのごときのわれらがためなりけりとしられて、いよいよたのもしくおぼゆるなり」

親鸞聖人は、「ただ自力をすてて、いそぎ浄土のさとりをひらきなば、六道四生《ろくどうししょう》のあいだいづれの業苦《ごうく》にしづめりとも、神通方便《じんつうほうべん》をもてまず有縁《うえん》を度すべきなり」とも言っていた。

富蔵は、親鸞が煩悩を否定せず、肯定してくれていることが嬉しかった。しかし、仏門を捨てて近藤家の再興と、旗本の長子として出直したいという煩悩までも肯定してくれる

であろうか。富蔵は独りになると、考え込んでいた。

悩み、迷う日々が続いた。そして遂に、悩み迷うことに耐えきれない気持になっていった。

富蔵が仏門での安心立命の道を捨てて江戸へ帰る決意を固めたのは、高田で四度目の冬が過ぎた翌文政八年（一八二五年）の春であり、富蔵は二十一歳になっていた。

富蔵の決意を聞いた周円院主は、

「お前は煩悩の人一倍強い若者じゃ。近藤家を再興したいというお前の気持は燃えているが、江戸へ帰って何ができるというのじゃ。父を嫌い、仏門に身を投じたのではなかったのか」

院主の声は穏やかだが、眼は厳しく富蔵に迫っていた。

「和尚様、申し訳もございませぬ。富蔵、父に許しを乞い、出直しとう存じます」

「……お父上が許されなかったらどうする」

「……」

「それに、旗本という地位と体面に執着し、心を惑わして仏門を捨てるのは浅はかだとは思わぬか。のう、富蔵、現世の利益を求めてあくせくするのは、空しく、はかないことだとは思わぬか」

富蔵は、反撥する気持にはならなかった。院主の言うとおりである。

「和尚様がおっしゃられますように、現世の利益に心を惑わすのは、空しく、はかないことかも知れませぬ。が、このままでは、私の心はどうにも納まらないのでございます」

「富蔵、お前には、まだ現世の利益を求めることの空しさ、はかなさが分かっていない。念仏の大切さも分かっていない。それだから、そえとかいう娘御に裏切られた心の痛みが心の奥底で深く疼き、旗本という地位と体面に執着させる気持を起こさせているのじゃ。そえへの未練も残っているのじゃ。空しいことだがのう」

院主は、富蔵の心の動きを見抜いていた。

が、富蔵は、後へはひけなかった。

「和尚様、煩悩具足の富蔵をお笑い下さいませ。が、富蔵、父の失意を慰め、近藤家を再興する道を歩みたいのでございます」

富蔵の声はふるえ、眼は必死に懇願していた。

「お前がそこまで言うのなら、引き止めはせぬ。お前は、自分の納得できる道を行くがよい。お父上にも孝養を尽くすがよい。しかし、つまらぬことで憎悪の心を駆り立てたり、人と対立したりするではないぞ。自分の凡夫さをかえりみながら、謙虚な心で進むのじゃ」

富蔵は平伏し、

「有り難きお教え、肝に銘じて参ります」

数日後、富蔵は、周円院主夫妻と見習僧に見送られて仏光寺を出た。

空は穏やかに晴れ、繰り広がる越後平野は春の息吹きを見せていた。

「達者でな。また機会があれば訪ねてくるがよいぞ」

周円院主は笑みを浮かべて言った。

富蔵は深く感謝の意を表し、丁寧に頭を下げた。

富蔵は、半刈りの坊主頭と黒衣の姿であったが、前にそえを訪ねるべく寺を出た時の、不安を伴った弾んだ気持とは異なり、どんなことがあろうとも父の許しを乞い、旗本近藤家の長子として出直すのだという、引き締まった気持に満ちていた。

寺が遠ざかって見えた時、富蔵は立ち止まり、いま一度寺の方に向かって頭を下げた。自分を厳しく優しく包みこんでくれた周円院主と高田に最後の別れを告げたのだ。富蔵は、柏原を通って善光寺へ出た。しかし、道が二筋に分かれる川中島で大坂へ通じる道の彼方を立ち止まって見つめ、再びそえの姿を思い浮かべた。富蔵は、頼りにならない自分の心の動きに慄然とした。しかし、気を引き締めなおし、千曲川《ちくまがわ》の流れに沿って小諸《こもろ》・碓氷峠《うすいとうげ》へ出、江戸へ向かって行った。

九　鎗《やり》が崎《ざき》事件

「おう、富蔵」

玄関の入口で土下座してかしこまっている富蔵の姿を見て、無精髭の生えた重蔵の顔が一瞬ほころびた。浮浪者かと見間違えかねない風采であったが、額の大きい富蔵の日焼けした顔には並々ならぬ決意が滲み出ている。

「一体、何をしに帰ってきた。親不孝の軟弱者奴が」

重蔵は決めつけた。

「申し訳ございません。富蔵、期するところがあって帰って参りました。生まれ変って、お父上の子として出直しとうございます。これまでのことはお許し下さい」

重蔵は富蔵を見据えていたが、やがて頬をゆるめた。

「仕方のない奴だ。しかし、せっかく帰ってきたのだ、上がれ」

重蔵は先に立って奥の部屋に行った。

「富蔵様、ようこそお帰り下さいました。国は、この日をお待ち申しておりました」

こう言って国は、いそいそと足洗いの水を用意した。

富蔵は、義母の姿にいままで抱いたことのない優しさを感じた。しかし、女に取り囲まれていたこれまでの父の華美な生活からは到底考えられなかったわびしい生活に、富蔵は改めて驚いた。家には義母のほかに、四歳になる吉蔵と二歳の熊蔵および女中と下男がいるだけである。周囲は森閑としている。

「お父上、ご無念でございます」

「うむ……わしを用いて蝦夷地の開発と警備に当らせれば国は安泰なのに、こんなところに追いやりよった」

重蔵は沈うつ気に呟いた。

そうした沈みきった表情は、これまでの父には全く見られなかったことだ。

「それにしても、わしには分不相応という、小人のおかしな非難がつきまといよる」

こう言って、重蔵は正受院の方に視線を移した。

そこには正受院の古びた建物と洞窟が、夕闇の中に落着いた姿を見せており、川のせせらぎの音も聞えていた。

「あの正受院の洞窟に作らせたわしの甲冑姿の石像が、己れの武功を誇示し、幕府の権威をないがしろにするものと非難して陥れようとする者がおったのじゃ」

重蔵は無念さを隠さなかった。

「弓奉行を解任されたのも、勤方不相応ということだった。口惜しいのう。……いまは羽をもぎとられた鳥同然の身じゃ。こんな状態で生きるのは、窮屈で寂しいことよ。しかし、わしは耐えねばならぬ」

「お父上、わたしは必ず近藤家を再興致しまする」

富蔵は決意をみなぎらせて言った。

「うむ……」

重蔵は、富蔵の決意をよしとした。

二人の間には父と子の情愛が甦った。国が運んできた酒肴をとりながら、二人は晩くまで話し合った。

重蔵は、半之助との間でこじれている問題を解決させるために、鎗が崎の別荘に富蔵を住まわせることにした。別荘の話が出たとき、富蔵が強く望んだからでもあった。

別荘に住みついた富蔵は、三人の家来とともに別荘の管理に精を出して邸を守っていた。以前には身が入らなかった武術の修得にも力を入れていた。

三人の家来は、半之助との争いに備えて父が世話した者で、一人は侠客上りの武士高井庄五郎であり、他の二人は文助と助十郎という町人であった。

庄五郎は、侠客上りだけあって剣術もかなり能《よ》くし、義侠心があり胆力も備わっていた。だが、富蔵が別荘に住むようになって、半之助はより一層敵対心を燃やし、無礼や嫌がらせを働くようになった。

ある日のこと、文助が顔をはれあがらせ痣《あざ》を作って、走り帰ってきた。

「文助、お前の顔は一体どうしたのだ」

富蔵は驚いて尋ねた。

「半之助が雇っている無頼五人の者に撲られたのです。わたしが歩いていると、五人が囲み、何故にわれわれを睨んだのかと難癖をつけてきたのです。そのような覚えはないと言っても聞かず、撲る蹴るの暴行を働いたのです。その上、お前は乞食坊主に仕える情けない奴じゃと悪態をついたのです」

文助は息をせわしく吐き、口惜しがった。

「全くけしからん奴じゃ」

富蔵は歯がみした。

「半之助をこれ以上のさばらしておけばつけ上り、何をしでかすかわからん。先日もわしに石を投げくさった。これから半之助の家へ出かけて、談判をしよう」

若い富蔵が怒るのは無理もないと庄五郎は思った。先日のこと、富蔵と庄五郎が庭を歩いていると、二人に小石が飛んできた。幸いに庄五郎には当たらなかったが、富蔵の着物をかすめた。富蔵は石が投げられた方を睨んで走ろうとした。

庄五郎も睨んだ。が、庄五郎は富蔵が走るのを止めた。

「富蔵様、行ってはなりませぬ。姿を見せずに石を投げるような小人たちは放っておくのです」

「それでは相手をつけ上らせることになるぞ」

富蔵の顔には青筋が立っていた。

そのときのことといい、文助が暴行を受けて帰ってきたことといい、町人から何故に、ここまで侮辱されなければならないのかと、富蔵は腹が煮えたぎる思いに駆られた。執拗な半之助を一刀のもとに切り捨てたい。

だが、庄五郎は富蔵をいさめた。

「時期を待つのです。今事を起こせば、只事ではすまなくなります。そのため、お父上も耐え難きを耐えてこられたのですぞ」

庄五郎が言うように、いま軽率に事を起こして相手を殺傷すれば、近藤家再興の願いが破綻することになりかねないのは富蔵にもよくわかっていた。それに、つまらぬことで憎悪の心を駆り立てるなと、さとしてくれた周円院主のいましめも思い出された。

富蔵は、「ううっ……」と、吼えるような声を出して耐えた。

だが、その後も、半之助一家の嫌がらせは続いた。垣の一部が壊されたりもした。富蔵も庄五郎も夜歩きするには余程警戒していないと何時襲われ、無頼者と喧嘩になるか分らなかった。半之助の一家は、半之助の妻ヨモと長男の林太郎、その妻のマスと子供、二男の忠兵衛である。その中でも、半之助と林太郎とマスの三人がとくに露骨で挑発的であった。半之助の妻ヨモは温順であり、夫の不穏なやり方を好まなかったが、夫と長男夫婦に押えられて諫めることができなかった。


文政八年はともかく無事に過ぎ去り、文政九年を迎えた。

富蔵は、高田の仏光寺にいたときの見習僧の面影をすっかり消し去り、武士らしい風貌を身につけていた。武術もかなり進み、父重蔵に似て六尺豊かな長身は堂々としていた。

が、重蔵は、日々往年の面影を失い、不遇からくる沈うつさを増し、読書と執筆と交友に日を送っていた。

だが、ある日のこと、重蔵は富蔵を滝野川の邸へ呼び、重蔵が蝦夷地探検以来大切にしてきた孫六の小刀と文珠四郎の長刀を富蔵に与えた。

「富蔵、文武両道を磨いて将来を期せよ。わしの代りにお前が出仕できるように必ずするつもりじゃ」

重蔵は感慨深げに文珠四郎の大刀を見つめた。が、重蔵の顔には一抹の寂し気な表情が走ったのを、富蔵は見逃すことができなかった。

「有難きお言葉、富蔵、お父上のお心を体して精進致し、立派な旗本武士になります。お父上の御無念も晴らします」

富蔵はきっぱりと言った。

重蔵は頷いて、

「して、その後、半之助はどうじゃ」

「どうも、こうもありませぬ。全く理不尽な振舞いの限りです。近藤家の再興を願えばこそ耐えてはおりますものの、でなければ、一刀のもとに切捨てたい思いです」

「無念じゃのう」

「無念でございます」

「しかし、何時までも、このままにしておくわけにもいくまい。放っておけば、行きつくところまで行ってしまう気がする。お前が半之助奴《め》を切るか、半之助が別荘を乗取るかのところまで……半之助は執念深いから、乗取るところまで嫌がらせを続けるだろう」

「お父上、半之助奴に別荘を乗取らせることは断じて致させませぬ」

一瞬、富蔵の眼は忿怒に燃えた。

「そりゃそうじゃが、お前が半之助の横暴に耐えかねて、半之助を切ることをわしは恐れる。そこで無念なことだが、半之助と和解の策を講じてはどうかのう。大事に至らない前に手を打つのもやむをえないことではないか……」

(お父上もお気が弱くなられたものだ……)

富蔵はそう思って、黙っていた。

「お前は無念だろうが、大事の前には小事を犠牲にするのもやむをえない場合がある。慎重に考えておくがよかろう。庄五郎ともよく相談してな」

富蔵は、父が気弱くなって行くことが残念でならなかった。往年の父ならば、到底考えられないことに妥協し、解決を図ろうとすることが寂しかった。が、秘蔵の刀をくれ、息子に期待する父の願いと、その裏に煮えたぎっている無念さを思ったとき、富蔵は、半之助への憎悪の念を一層駆り立てられながらも、自重して将来を期し、父の期待に応えねばならないと思った。

富蔵は意を決し、庄五郎とも相談して和解の方策をとることにした。その和解策は、両家の境の垣根を取り壊し、半之助の店に来る客に庭園への出入りを認めるという、相手にとっては大変有利な条件であった。

庄五郎も、富蔵の方策と決意を良しとした。庄五郎としても、これ以上半之助のごり押しを許せない気持であった。

だが、半之助はさらに、庭園に造られた富士山を家から眺めることができるように、邪魔になる納屋の取り壊しを望んだ。しかし、それは富蔵の認めるところではなかった。

「当方が譲歩して和解を申し出たのに納屋の取り壊しまで図々しく申すのであれば、こちらにも覚悟がある。この和解策も取り止めじゃ」

富蔵は半之助を睨みつけた。

半之助は、富蔵の気迫に押された。それに半之助には弱みがあった。半之助の店のそば屋は、その後も繁昌していたが、重蔵父子との対立は自から知れわたり、半之助が無頼の徒を囲っているのを気味悪がり、非難の目で見る者が少なからず、客足は減少の傾向を示していた。その焦りと弱みがあったので、半之助はひとまず富蔵が提示した条件を呑んだ上で、垣根取り壊しの際に納屋の取り壊しをごり押しに実行に移すのが得策と考えた。

「いやいや、納屋の取り壊しは当方の希望を申し述べたまでです。希望としてお聞き流してくだされ。半之助、喜んで和解に応じさせていただきます」

半之助は、付き添っている林太郎に目くばせし、言葉を和らげて言った。

和解策の実行は五月十八日と決定し、和解の誓文を取り交すことになった。

その日がきた。半之助は、息子の林太郎と忠兵衛および無頼の徒数名を従え、垣根の取り壊しにかかった。三重に造った垣根は、無残に取り壊されて行った。

富蔵は、折角の垣根が無残に取り壊されて行くのを眼を据えて見つめていた。

取り壊しが終った時、富蔵は、

「約束どおり誓文をかわそう。わしは耐え難きを耐えて、和解したのだ」

と、半之助に厳しく言った。

半之助の後ろには林太郎と忠兵衛が控え、無頼の徒が富蔵と庄五郎をとり囲んで睨んでいる。

「いや、まだだ、当方が求めているあの納屋の取り壊しをしてからだ。今から納屋の取り壊しを始めるぞ」

半之助は怒鳴り返した。富蔵をまったくなめてかかった態度であった。精悍な顔に冷笑さえ浮かべていた。

「それは約束違反だ」

富蔵の顔がひきつり、長身の身体がふるえた。

と、次の瞬間、富蔵は父から貰った大刀を抜き、半之助に切りつけていた。

襟首深く刀は突きささり、半之助は「ギャー」と悲鳴をあげてどっと倒れた。小肥りの身体から血が溢れ出た。

返り血に染まった富蔵は、さらに林太郎にも襲いかかった。耐えに耐えてきた怒りが爆発し、完全に自分を見失ってしまったのだ。

林太郎は顔面と肩を切られ、血を流しながら家の方へ走った。

高井庄五郎が、逃げ出した忠兵衛を追いかけて切り倒した。

一瞬の出来事に無頼の徒たちは恐れをなして手向かう者はなく、日頃の傲慢ぶりを消失して逃げ去ってしまった。

富蔵は抜刀したまま、すさまじい血相で半之助の家へ走った。

夕闇が静かに訪れていた。半之助の家は静まりかえっている。

富蔵は、戸を蹴破って半之助の家に飛び込み、傷の手当をしていた林太郎にとどめをさした。林太郎の傍にいたマスは、悲鳴をあげて逃げ出そうとした。富蔵は容赦せず、頭から切りおろした。日頃マスが欲深く、女でありながら口汚く富蔵らを罵っていたからである。さらに富蔵は、家中を探し廻り、暗闇の中でうずくまって隠れている人の気配を感じて一突きで即死させたが、それが半之助の妻ヨモであった。富蔵は今や殺人鬼に堕していた。

半之助の家に同居して店を手伝っていた文蔵と藤助も、肩と顔に傷を負わされた。

すっかり陽が沈んだ空には、十八夜の月が光り、半之助らの死体を照らしていた。

富蔵は半之助の家から引揚げてくると、半之助の死体の傍に棍棒を置いた。

惨劇は、従僕の助十郎によって重蔵に知らされた。

重蔵は、その日の昼間、駒込の西善寺に行き、ついでに氷川神社に参詣して家にいず、滝野川の邸に帰ったときに知らされた。

「とんだ大それたことをしでかしたものじゃ」

重蔵は沈痛な面持で言い、善後策を考え込んだ。

翌日、重蔵は、上司である小普請組支配役太田内蔵頭《くらのかみ》に事件の顚末を申し出たが、太田内蔵頭が病中であったので、支配役松本理右衛門に始末書を差し出した。

始末書は、理右衛門から老中水野出羽守忠成、松平和泉守らへ提出され、老中は南町奉行筒井伊賀守に事件の吟味を命じた。

当時、武士が正当な理由があるときには、百姓・町人を切り捨ててもよいという法度があった。けれども、この事件は、半之助のみならず罪なき婦女子までも殺傷していることが問題になった。しかも、蟄居中である重蔵の長子が起こした事件である。

重蔵は、富蔵が相手の不法によってやむなく殺傷に及んだものと弁護した。が、富蔵が半之助と林太郎の二人の妻までも死に至らしめたのは、無頼者を成敗した理由にならなかった。また、富蔵が半之助の死体の傍に棍棒を置いて、半之助が狼籍したかのように見せかけたのは卑劣であるとされた。しかも、重蔵が富蔵を別荘に住まわせたこと、富蔵が父から貰った刀を用いて殺傷に及んだことも不利に作用し、父子の間に共謀の疑いありということになった。

（老い先の短いわが身だ。何としても、富蔵を守ろう……）

重蔵はそう考え、半之助のそれまでの不法と当方の自重を事細かに語り、女子をも殺傷した点を除いて富蔵には罪のないことを主張したが、吟味は厳しかった。

一方、富蔵は、父には全く関係がない事件であると主張するとともに、半之助の日頃の不法と、事件当日、半之助一味が棍棒で狼籍に及んだことを訴えた。

取調べは、庄五郎や従僕の文助や助十郎、危く一命をとり止めた半之助の使用人文蔵と藤助、重蔵が事件の日に行っていた西善寺の和尚にまでも及んだ。

取り調べは長引き、最終の判決はその年の十月六日まで待たねばたらなかった。

それまでの間、重蔵と富蔵は小伝馬町にある牢屋の揚座敷に、庄五郎は揚屋に、文助と助十郎は大牢に入れられていた。

揚座敷というのは、旗本や身分のある僧侶・神官をいれる上牢であり、揚屋は、幕府の御家人や諸大名の陪臣、普通の僧侶・神官等をいれる中牢であった。それに対して大牢は、百姓や町人等が収容される大部屋で、待遇は極端に悪かった。身分によって牢内の待遇にも差をつけていたのである。

富蔵は、揚座敷で独居の日々を送りながら、自分が隠忍自重に耐えかねて殺人鬼に堕したばかりに、近藤家再興の願いがはかなく消えてしまったばかりでなく、父にまで累を及ぼすことになったことを痛切に悔い、嘆いていた。不法は確かに半之助の方にあった。だが、自分を全く失って七人までも殺傷し、半之助に罪を着せるために棍棒まで死体の傍に置いた自分が、考えてみると恐ろしかった。自分の内には救われ難い魔性が住みついているのだ。

「お前は自分の納得できる道を行くだけ行くがよい。しかし、つまらぬことで憎悪の心を駆り立てたり、人と対立するのではないぞ」

と言ってくれた周円院主を完全に裏切ったばかりか、父さえも罪に陥れようとしている自分がみじめで、悲しかった。

取調べに当ってきた筒井伊賀守は、重蔵が富蔵と共謀し、富蔵をそそのかしたものでないことを認めた。だが、以前から何かと問題のあった別荘に、血気盛んな富蔵を住まわせたことは軽率であり、監督不行届きの責任は問わねばならないと判断した。

遂に判決の日がきた。

その日、重蔵と富蔵、庄五郎は評定所へ出頭を命ぜられた。が、文助と助十郎は、取調べ中に大牢で獄死していた。当時、大牢では、囚人の牢名主や古参の者が新入りの者をいびることがよく行なわれたが、文助と助十郎も例外ではなくいじめられ、飢えと疲労のために獄死したのである。

判決には筒井伊賀守が立ち会い、大目付の村上大和守が申し渡した。

「近藤重蔵実子惣領富蔵、父の為とは申し乍ら致し方もあるべきに罪なき者まで討果して残忍を好む条、其上ならず御旗本の身分に似合わざる偽りを申立て不届きの至り。又父重蔵其場には之あらず、又倅《せがれ》守信（富蔵のこと）に指図して討たせしにあらねども、守信を争論之ある抱屋敷へ御届も致さず差置きたる條、殺伐を好むに似たり」

ここから始まって事件の顛末が述べられて、判決が下された。

八丈島へ遠島　近藤富蔵
大溝藩分部左京亮御預け　近藤重蔵
江戸十里四方追放　高井庄五郎
近藤家改易

富蔵は蒼ざめた顔で平伏した。判決は予想以上に厳しかった。重蔵は黙然として眼を閉じていた。

富蔵は父の悲痛な姿を見て胸が締め付けられた。牢獄で死んだ文助と助十郎の姿も呵責《かしゃく》の念をもって浮かんでいた。そして、今更ながら犯した罪の重さに震えた。

判決が下ったことにより、重蔵は、揚座敷から大溝藩分部侯の江戸詰の屋敷に移された。そして、適当な時期に近江の地に移送されることになった。

富蔵は、そのまま揚座敷に幽閉され、翌春に八丈島へ流罪されることになった。

近藤家が改易になったため、家に残った五歳の吉蔵と三歳の熊蔵は、重蔵の母方の従弟に当る三浦家へ十五歳になるまで預けられることになった。国は働き場所を見つけて糊口の途を講じねばならなかった。一家は文字どおり離散してしまったのである。

十　近江の地へ

重蔵は四カ月ばかり、大溝藩分部家の江戸芝二葉町の上屋敷に造られた牢部屋に幽閉されていた。幕府が大溝藩に重蔵を預かるように命じたのは、大溝藩が近江の高島郡三十二カ村と野洲郡五カ村の二万石を治める小大名であり、その地が江戸から遠く離れた辺鄙な所であることが、とかく問題をかもし出す厄介な男の流罪の地として適当であると考えたからである。そこで、大溝藩主分部左京亮《さきょうのすけ》光寧《みつやす》より、重蔵を江戸上屋敷から近江の地へ移したい旨の伺書が出された時、幕府は直ちに許可を出した。

大溝藩としては、蝦夷地探検で名を馳せ書物奉行までも勤めた人物を預かることは、心労と多大の費用を要する迷惑千万なことであった。しかし、幕府の命に背くわけにはいかない。そこで、江戸上屋敷でも、また近江の陣屋内にも新しく獄舎を造ったのである。

文政十年（一八二七）二月五日、大溝藩士三宅幾馬を宰領とする一行一三〇人が、重蔵を護送するため、分部家の江戸屋敷を出発した。一行は、重蔵が自害したり、脱走を企てたりするような事態が起こらないように厳重に警固しながら、箱根、浜松、桑名、四日市、亀山、水口、草津の陸路をへて目的地に向かって行った。そして、二月十九日には近江の国、大溝の地（今の高島市勝野）に近づいていた。

重蔵を乗せた駕籠は、左の戸と揚屋根が釘付けにされ、右方の戸には錠がかけられ、窓は二寸幅の縦格子になっていた。重蔵は白無垢の衣服を着せられていた。

しかし、重蔵の態度は罪人としての卑屈さを少しも感じさせないばかりか、堂々とした体躯から発散する威厳と沈重さが、護送の大溝藩士たちに「これは大物だ」と改めて感じさせていた。

一行が大溝の地にさしかかったとき、重蔵は駕籠を止めて貰い、窓から東方に広がって見える琵琶湖をじっと見つめた。

ヒヤリとした風が頬を撫でる。暮れなずむ湖水は薄墨色を呈し、はるか対岸の鈴鹿山系の山々は、空と海に融けこんで煙って見え、西方には比良連峰の山々が道路近くにまで迫っている。岸辺には数十匹の水鳥が仲良く浮遊していたが、一行の物音に驚いて沖の方へ位置を移した。

重蔵は、鴨が移動するのを見て一瞬苦笑した。重蔵は若き日に長崎奉行出役として長崎へ行く時と関東郡代付出役として帰府する時に、近江のことをも調査するため、この地にきたことがあった。そのとき、山野河川のほとりに野宿したこともあり、大溝の地形や風情に大体通じていた。しかし、血気盛んであった希望溢れた日に、晩年を罪人として、この地に送られる身になろうとは思いもよらなかった。

昨日のこと、重蔵は駕籠に付添っていた横田秋蔵に紙と筆を求め、暫く考えてから、一字一句くずさない字体で書いた。

道路漫々湖水湾　（道路漫々タリ湖水ノ湾）
鏡山影冷緑波間　（鏡山影冷タシ緑波ノ間）
行人此処試相対　（行人此ノ処ニ試ミテ相対シ）
驚見風霜侵旅顔　（驚キ見ル風霜旅顔ヲ侵スヲ）

――昇天真人草――

――道路は近江の琵琶湖畔に延々と続いており、鏡山が波間に緑の山影を冷たく写している。護送されて旅する自分が、ここで鏡のように澄んだ水に向かって姿を写して見ると、風霜が旅する自分の顔をひどく侵しているのに驚いている。――

およそこのような意味であり、重蔵はこれを大津に入る手前の、琵琶湖の展望地鏡山村で書き、しかも自分のことを「昇天真人」と言ったのである。

重蔵は、それを秋蔵に与えた。

秋蔵は、一読してから大事に懐にしまいこんだ。秋蔵は大溝藩目付役頭の父久尚の嗣子で、幼時より学問と武道を仕込まれ、藩中で将来を期待され、藩主分部光寧《みつやす》の侍講も勤めている二十二歳の武士であった。そして、重蔵の護送を終えた後は、定番士兼膳奉行に当ることになっていた。

「近藤殿、そろそろ参りましょうか。寒くなって参ります故に……」

秋蔵は、重蔵の心を察して丁重に言った。

（近藤殿は湖水を見られるのがお好きだ。湖水を見て過去のことを思い出しておられるのかもしれない…）

重蔵は頷き、

「迷惑をかけたのう。参ろう」

と、我にかえったように言った。

一行が陣屋の正門である総門前に到着したとき、その物々しい行列に附近の町人たちは驚いた。すでに篝火《かがりび》が赫々と燃えている。

重蔵の獄舎は、陣屋の正門から六十メートルばかり南へ行った所にあった。建坪二十八坪の平屋瓦葺の獄舎は、高さ一丈五尺の竹矢来で囲まれ、さらにその内側に高さ一丈の木柵と高塀が作られてあった。重蔵が寝起きする四畳半の部屋は三方が格子で囲んであり、西隣りには番士の詰め所として五部屋が設けてあった。その付近の陣屋内には、分部藩主の御殿や武家屋敷があり、そのほかに練兵堂や評定所、馬屋などがあった。

大溝藩は近江高島郡三十二ヶ村と野洲郡五ヶ村の二万石を治めており、初代の藩主分部左京亮光信が元和元年（一六一九）に伊勢上野から転封されてから当主光寧まで十代をへていたが、城は用いていなかった。織田信長の時代に、信長の甥の信澄が明智光秀の設計監督のもとに大溝城を築城したのだが、相つぐ戦乱の中で五人の城主が変り、城も荒廃していたので光信は旧城跡に陣屋を造ったのである。

光寧は、二十歳の若さながら文人的な性格の藩主であり、重蔵の文武両道に卓抜した才覚と経歴に畏敬の念を抱いていた。そこで手落ちのないように警固しながらも、できる限り丁重に扱うように家老の沢井八郎右衛門に命じていた。

獄舎に落ち着いた重蔵は、その夜なかなか寝付かれなかった。若き日に諸国を歴訪したり、北方探検で雪や寒風に耐え抜いてきた頑丈な身体ではあったが、度重なる心労と蟄居の生活で弱り出していたし、五十七歳の身には座敷牢の寒さは辛かった。

重蔵は何度も寝返りを打った。

獄舎近くの武家屋敷は森閑として寝静まっていたが、番士三人が獄舎の周囲を巡視していた。

重蔵は、若き日の誇りと栄光に満ちた歩みを思い浮べながら、世俗の栄誉のはかなさを改めて身に沁みて感じていた。幼時には神童と言われ、十七歳の若さで「白山義塾」を開いて子弟を教えるほどの力を持っていたこと、湯島聖堂で行われた幕府の学問試験に最優等で合格し、長崎奉行手付出役に登用されたこと、そして、長崎の地で異人から聞いたことを元にして、『清俗紀聞』『安南紀略』等の書物を書いて幕府に献上したこと、五回にもわたる蝦夷地探検、十一年間にわたる書物奉行時代のことなど……。

（つねに、わしには分不相応という、おかしな非難がつきまとい、それが転落の因にもなってきた……）

しかし、その分不相応のそしりも、大溝藩の預り人として過ごさねばならなくなった今は、最早過去のことになった。これから何年生きるか知る由もないが、生きてふたたび江戸に戻され家名が再興されることはあるまい、自分は幕府から決定的に追放されたのだ、前途には死があるのみ、と思うと、重蔵の孤独と絶望感は深まるばかりであった。

（しかし、わしは、五度までも身命を賭して択捉、国後島までも出かけて行った武士として、誇りを持って生きねばならぬ。死ぬことは易くとも、生きることに耐えて行かねばならぬ。しかし、この地で、わしは何をもって生甲斐とするのか、一体何をすることができるというのか……）

（……富蔵はどうしておるだろうな）

重蔵は眠られぬままに、富蔵の姿を思い浮べた。

四月になると、富蔵は伝馬町の牢から八丈島へ送られるのである。判決が下って以来、重蔵は富蔵に会っていない。富蔵が起こした事件によって累を受けたが、重蔵には息子を責める気持が少しも湧かなかった。逆に息子が愛しかった。不憫でもあった。折角、再出発の希望と情熱に燃えて帰ってきた富蔵を別荘に住ませたことが、そもそもの間違いであった。それが富蔵に重荷を負わせ、再生の道を挫くことになったのだ。たとえ相手が理不尽の輩であったにしても、何故に別荘を思いきりよく手離さなかったのか。そう思うと重蔵は、つまらぬ我欲と見栄にとらわれ、富蔵に解決させようとしてきた自分が不甲斐なく情けなかった。

（富蔵よ、許せ）

重蔵は何かに祈りたい気持になっていた。

大溝藩は重蔵の動静に非常に気を配った。獄舎での重蔵の警護と付添役を命ぜられたものは、家老の沢井八郎右衛門を総責任者にして、用人三名、大目付四名、定番士十六名、医師四名の計二十八名であった。付添の中には、中小姓《ちゅうごしょう》の横田秋蔵や別府甚内のように、江戸からの護送役を勤めた者も数名含まれていた。

また、大溝藩の気の配りようは、重蔵の衣服や食事にも見られた。

自殺防止のために、衣服は、白無垢地の絹布をよく火にあぶり、少しでも力を入れると破れてしまう物にし、手拭は「ヨノノ」木綿と言われる地の薄いものにしていた。

食事の際に用いる箸は、杉木の長さ三寸ばかりの物。食事は、朝が一汁一菜、昼が一汁二菜、午后四時に酒二合と肴三種、夕食は一汁二菜という特別待遇であった。

判決後、江戸の大溝藩上屋敷に幽閉されていた時、大溝藩は、重蔵の食事・持物等についても一々老中に伺いを立て、酒好きの重蔵も酒を中断されていた。そして、老中水野出羽守忠成と分部光寧との間には書状が交わされていた。

「朝夕の料理は、いかが仕りませうや。酒を望みました節は、与へませうや」

「随分ともに軽くいたし、酒は御無用でござる」

「烟草を望みましたれば、与へませうや」

「御無用でござる」

「髪結ふ節、鋏を用ひまする儀は――」

「鋏は、持たせませぬやう。が、家来に髪結はせることは、勝手でござる」

「毛抜を望みましたれば、与へませうや」

「御無用でござる」

「扇子や揚枝なども、苦しうございませうや」

「いかにも」

「行水、入湯を望みましたれば――」

「望み申したれば、行水も、入湯も、苦しうござらぬ」

「瓜を取りたしと申しましたれば、いかが仕りませうや」

「御無用でござる」

その時から見たら、重蔵の待遇は大溝藩の特別の配慮で食事などは良くなっていた。そして重蔵が置かれた位置は、表向きは罪人ながら、実質的には幕府からの大切な預り人であった。

重蔵は、一日中静座して黙考する日が多かった。が、時折眼光を鋭くして、

「無念じゃ」

と、吠えるように言った。

番士たちは、その度にビクッとした。

そうかと思うと、妙に寂しげな表情を浮べることがあった。

(空しく無為に日を過し、生涯を閉じることほど、みじめなことはない……)

重蔵は打寄せる波間に漂う空しさを見つめていた。

番士たちの多くは、重蔵の心境が理解できず、

「近藤殿は何を考えていなさるのだろう。不気味なお人じゃ」

と語り合った。

事件の少ない小さな城下町のことなので、重蔵のことは町人たちの間で噂の持ちきりで

あった。

「おぬしは、年恰好といい、体つきといい、わしの息子によく似ておる。その方を見ていると、富蔵を思い出すのう」

定番士の別府甚内が見廻りにきた時、重蔵は穏やかな顔で言った。

甚内は、複雑な気持になった。警護の道中から、重蔵が自分を注視し、何かと話しかけてきた理由がわかったが、いささか有難迷惑であった。

「どうだ、その方、少しは学問をせんか。おぬしのような若い者は、学問をし見聞を広めて、秀れた見識の武士になることだ。おぬしの年頃に、わしは万巻の書を読み、書物も書いておった。蝦夷地へも出かけて行った。おぬしが望むなら、わしが漢籍を教えてやるぞ」

甚内の長身で肉づきのよい体駆は、射すくめられたように硬くなった。甚内は道中の警護を勤めたことによって、重蔵が歌を詠み、漢籍を容易に読みこなす秀れた文人であることをよく知っていた。しかし甚内は、禄高三十五俵の中小姓として将来に大きな望みを抱いていなかったし、護送の道中に重蔵に格別惹かれたわけでもなかった。横田秋蔵のように漢籍に秀でているのでもなかった。が、重蔵の息子にそっくりだと言われて特別な気持になるとともに、学問を勧める重蔵の言葉と眼に、何か逆らえない真実味を感じた。

「自慢するわけではないが、わしはな、武術も学問も、人には決してひけをとらぬ。息子富蔵に教授したが、修業に耐えることができずに逃げたことがあった。して、その方は一体何が得意なのだ」

聞かれて、甚内は恥ずかしくなった。長身の堂々たる体躯は藩内でも目立っていたが、強いのは角力をとることぐらいであった。

甚内は頭をかきながら、

「角力をとることなら人には容易に負けませんが、そのほかのことは駄目です」

「じゃあ、わしと腕角力をやろう。ここでは角力をとるわけには行かないからのう」

「えっ、腕角力を」

甚内はたまげて聞きかえした。

「そうじゃ、さあ、腕を立てい」

重蔵は身体をかがめ、格子戸越しに腕を出して捉した。

「若い上に大きな体をしおって、負けたら承知せんぞ」

その叱咤に甚内は本気になり、格子の前に半かがみになった。

重蔵の毛の多い腕は太く、手ごたえがあった。

二人は、うん、うんと唸りながら、全身の力を右腕にこめた。

力にかけては藩一、二の自信を持っている甚内ではあったが、重蔵の腕を倒すことができず、固く握り合った拳は右に、左にと動くばかりで勝負がつかなかった。

「近藤先生はお年寄りなのにお強いですなあ」

甚内は感嘆し、尊敬の念に駆られて「先生」と言った。

二人は思わず笑った。

「どうだ、囲碁を一局やろうか」

重蔵は機嫌よく言った。

甚内は隣の詰所から碁盤を持ってきた。碁にかけては甚内は藩中でもかなり強かった。

重蔵は白石を取った。

甚内はてんで歯が立たなかった。

何時の間にか三人の番士たちが観戦していたが、重蔵の圧倒的な強さにたまげ、いずれも感嘆の声を洩らした。

すっかり重蔵に参ってしまった甚内は、

「碁でしたら、二宮圓治が藩一番に強いのでお手合わせなさるとよろしいでしょう」

と勧めた。それから重蔵の髭の多い引き締まった顔をみつめながら、

「それにしても、近藤先生ほどのお人が、このように不遇でおられるのはお気の毒なことです」

「その方は嬉しいことを言ってくれるのう。しかし残念だが、わしの人生はもう終りじゃ。だが、おぬしたち若い者はこれからだ。しっかりと学問と武術をせい。泰平の世で人は軟弱になっているが、いつの時代でも学問と武術は大切だ。わしは暇だから書物でも読み、おぬしたち若いものを仕込んでやろう。ついてはだ、大溝藩にある書物を差し入れてくれるようにはからってくれ」

「お易いことで、早速、横田秋蔵殿とも相談し、意に副うように取りはからいます」

三日後、甚内は二宮圓治を連れてやってきた。

圓治は、十五俵三人扶持の徒士で、四十歳になっても、うだつが上がらなかった。が、その地位を不満に思わず、温厚誠実に職務を果たしていた。

重蔵が白石をとり、圓治が黒石をとった。

「おぬしの碁は堅実な受身の碁風だのう」

重蔵は、圓治の人の善さそうな丸顔を見つめて言った。

圓治は、重蔵が攻撃に出ても反撃せず、着実に陣を固めていた。

一日半の差で圓治が勝った。

「おぬしは強い。わしを辟易させるとは」

「いや、近藤様のお強いのには感服しました」

圓治は心から言った。

「おぬしは、鳴きも飛びもせずに徒士として勤めてきたのだな、それで不満はなかったのか」

「滅相もない。御主君のおかげなればこそ、わたしら家族が生きて行けるのです。学問はなし、さりとて秀れた武術もなし、平凡なわたしめです」

圓治は卑屈にもならず、朴訥な口調で言った。

「うーん、つつましいのう」

圓治のように野心を持たず、下級武士として、実直一途に、平和に生きている者と比べて、栄光と悲哀のうずまく波瀾に富んだ人生の果てが近藤家の没落と罪人としての境遇だったことを思う時、重蔵は、人生の幸せは世俗の地位や権力とは関わりのないものだと肌で感ずるのだ。

獄舎から見ると、空は曇っていたが、桜の樹々が芽をほころばせていた。

甚内と腕角力をやり、圓治と碁をして以来、重蔵と番士たちの距離はぐんと縮まった。

重蔵は、横田秋蔵が持ってきた書物に没頭したり、圓治や番士たちと碁を打ったり、甚内たちに北方探検の体験を話したりして日を過ごすようになった。

重蔵の心は依然として晴れなかったが、番士たちの田舎武士らしい素朴さにふれて心はなごんだ。そして、今となってはいかんともなし難い境遇を思うにつけ、せめて自分の力を発揮して、この素朴な人情味のある土地に役立つことをしてやろう、八丈島にいる富蔵や、他家へ預けられた吉蔵、熊蔵の健在を祈りながら、番士たちと心を通わせて余生を平和に生きて行こう、と思うようになっていた。それが、自分の誇りを保つとともに、単調極まる獄舎の生活に耐えることができる道でもあると思うのだ。しかし、自分をこの地に追いやるに至った幕閣たちの冷たい仕打ちや、これまでに体験してきた上司、同輩たちのどす黒い妬みや財産にからんだ争いを思い出すにつけて、無念さと怒りが、どうしようもなくこみ上げてくる。その時、重蔵は、極度に不機嫌になり、無口になった。

重蔵は、過去に出会った幾人かの知己のことを思った。伝え聞くところによると、最上徳内は江戸に参府したオランダ商館医のシーボルトに会い、自著『蝦夷草紙』を贈ったという。――徳内は天保七年（一八三七年）八十二歳で亡くなるのだが、それまでシーボルトと親交を深め、シーボルトは『蝦夷草紙』をオランダ語に翻訳しているし、『日本属島探検記』と題する著書の中で徳内を賞め讃えている。

「この尊敬すべき老人は、日本の北地事情究明に対する功績の偉大なるにも拘らず、七十二歳当時には、役目から放たれて、不幸と貧困との中に陥っていた。それは彼があまりに律義で、その発見を寸毫も己のためにせず、且つは年老いて、自ら膝を屈することをしなかったからである」――

重蔵は、徳内とシーボルトとの交友がどの程度のものかを知る由もなかったが、ともかく、徳内が健在で信念を通しているらしいことが嬉しかった。

しかしその頃、重蔵は知らなかったが、国内ではシーボルト事件が起こっていた。シーボルトが文政十一年に帰国する際、持ち出しを禁止されていた日本地図を、幕府天文方の高橋作左衛門景保から贈られて持っていたため、シーボルトは再入国禁止の処分を受け、景保は処刑されていた。景保は高田屋嘉兵衛のために力となっているし、『北夷考証』を著わした人物である。

また、高田屋嘉兵衛は、健康を害して淡路島で静養していたが、重蔵が大溝の地に送られてきた年の二カ月後に没していた。重蔵は嘉兵衛の死を知らず、忘れ難い人物として懐かしく思い出していた。

一方、平山行蔵も嘉兵衛に続いて七十歳で病没していた。

重蔵は大塩平八郎のことも思った。平八郎はその後も町与力として敏腕を振るうとともに、ますます陽明学への傾倒を深めていた。

重蔵は、そうした知己や縁を持った女たちを懐かしみ、時が流れ去ったことを改めて痛感するのであった。


番士たちは、重蔵の心の動きと痛みを充分に理解することができなかったが、重蔵に親しみと畏敬の念を持つようになった。

殊に甚内は、重蔵を深く畏敬し、朋輩を誘って武術の心得と経書を学ぶとともに、大溝藩の学問所である脩身堂《しゅうしん》に出入りして熱心に学ぶようにもなった。

圓治は、重蔵が無学で下級武士である自分を軽蔑せず、対等に接してくれるのを喜んでいた。

重蔵は、大塩平八郎が傾倒していた中江藤樹の『鑑草《かがみぐさ》』『翁問答《おきなもんどう》』をはじめとする藤樹全書や、『学山録』『筍子』などの書を読破し、横田秋蔵らを驚かした。秋蔵が中江藤樹の書を差し入れたのは、藤樹が大溝藩の領地である小川村の出身であり、晩年を小川村で弟子や隣人を教えて生を終えた学者であったため、大溝藩に書物が揃っていたからである。

ある日、秋蔵は、重蔵を慰めるために鉢植の小さな石楠花《しゃくなげ》を持ってきた。

重蔵は喜び、無精髭の顔をほころばせた。

「横田殿、すまん……日頃は、膳奉行として食事に気を遣ってくれるし、書物などを差し入れてくれるしのう」

とみに白髪が増えてきた重蔵の容姿は、穏やかさと沈重の度を加えていた。

重蔵は傍らの小机から筆墨をとり出し、少し考えてからしたためた。

聞説此花厭塵区（聞ク説《ナラ》ク此ノ花塵区《ジンク》ヲ厭ウト）
独凭泉石起烟霞（独リ泉石ニ凭《ヨ》リテ烟霞《インカ》ヲ起コス）
鴻溝城裡謫遷客（鴻溝城裡《コウコウジョウリ》ニ謫遷《タクセン》ノ客）

此華微笑拂睡魔（此華《コノハナ》微笑《ホホエミ》睡魔ヲ拂ウ）

鴻溝城というのは大溝藩の陣屋のことであり、罪によって遠地のこの地に預けられ、無聊をかこっている身には、この花が自分を慰めてくれると、秋蔵に感謝の意を表したのである。

重蔵はそれを手渡しながら、

「わしの感謝の気持だ」

秋蔵は、手渡された詩を声を出して読み下し、

（近藤様は身をもてあましておられる。近藤様ほどの器量を眠らせておくのは勿体ないことだ）

と心の中で呟いた。

「おぬしに折り入って頼みたいことがあるのだが」

と、重蔵は言った。

「八丈島に流罪になった富蔵のことだが、もし機会があれば消息を掴んでもらえまいか」

秋蔵は顔を引き締めて、

「江戸屋敷とも連絡をとり、できる限り消息を確かめて進ぜましょう」

と約束した。

町人たちの間でも、重蔵のことは別府甚内や二官圓治や番士たちの口を通して知らされるとともに、獄舎に時折出入りした町人たちからも伝えられていた。

ある日、獄舎の敷居の戸がきしんで音を立てるので、その修理に、陣屋から北へ一里ばかりの所にある、北鴨村に住む大工の友岡六郎がやってきた。重蔵の獄舎を作った大工である。

重蔵は、書物を読むのを止めて、

「お前はどこからきたのじゃ」

と聞いた。

六郎が北鴨ですと答えると、

「ああ、そこは鴨川の堤より少し北に下った所だな」

それがピタリと当っていたので、六郎は驚いた。

「どうしてそれを御存知なのですか。誰かにお聞きになったのですか」

「いや、聞いたのではない。わしは若かった時に諸国を廻ったことがあり、この大溝の地も秘かに調べたことがあるのだ。鴨川の銭取《ぜにとり》橋や、この城下の綿打《わたうち》川の橋下で野宿したこともある。だから、大溝のことだけでなく、諸国の地図は大体頭の中に入っているのだ」

六郎はたまげ、

「近藤様はたいしたお方ですな」

と感嘆した。

十一　遠　島

富蔵は、父が近江の地に護送されてからも揚座敷牢に留まっていたが、悪夢にうなされることが多かった。

三月下旬、この日も富蔵はうなされていた。

「おお、お前は半之助と妻のヨモ」

富蔵は口走った。

半之助の精悍で血色の良い顔が、物凄い血相で迫っていた。その傍で、ヨモが蒼ざめた顔でうらめし気に富蔵を見つめている。

全身に玉のような汗を吹き出し、富蔵は喘いだ。

その時、重蔵が、半之助とヨモの前に立ちはだかった。

「お前たちは観念致せ。半之助、富蔵もわしも、耐えに耐えてきたのだ。お前はあまりにも強欲すぎたのじゃ。ヨモ、お前には悪かったが、許してやってくれ」

重蔵はわが子を守るべく、大手を拡げていた。

半之助は、睨みながら姿を消した。

二人が消え去るのを見届けてから重蔵は言った。

「富蔵よ、苦しくとも生きるのだ。わしは耐えて生きる。お前も耐えて、強く生き抜いて行くのだ」

「あっ、お父上」

富蔵は叫んだ。

「よいか、富蔵、苦難に耐えて生き抜くのだぞ」

そう言うと、重蔵は立ち去った。と、そこへ周円院主が代って現われた。院主は厳しい顔付きになっていた。

「富蔵、お前は遂に七人もの人間を殺傷した。相手が理不尽だったというのは屁理屈に過ぎぬ。お前は、一人一人を生かそうとされる仏の御心を裏切ったのだ。もっともっと苦しむがよい。苦しんで罪を犯した心根を見つめるがよい……」

富蔵は、寒い仏光寺の本堂に座して涙を流していた。

「和尚様」

富蔵は、しぼり出すような声で叫んだ。

「おい、近藤。お前はまたうなされておる。しっかりとせい」

巡視の役人に肩をゆすられて、富蔵は我にかえった。

「ああ、夢か……ここは揚座敷でございましたな」

「何をぼけておるのだ。お前はしょっちゅううなされておる。それにしても、お前の体は熱くさいのう。犯した罪を悔いるのは良いが、気をつけねば命をしまうぞ」

中年の牢役人が言った。

牢役人が言うように、富蔵は熱に冒されて絶えずうなされ、額の大きい顔はげっそり痩せていた。そのため、牢役人たちは、富蔵を医師にも見せて気をつけていた。が、富蔵の半病人の状態はなかなか治らない。このような状態が二ヶ月近くも続いてきた。その間、富蔵は父に離別されて去った母媒子《うめこ》、愛しんでくれた雅楽姫の姿や、自分を裏切ったそえの姿なども思い浮べた。そして、自分の存在に嫌悪を感じつつ、父の安否を気遣い、父に詫びる気持を深めていた。

四月に入って一日中念仏を唱える富蔵の姿が見られるようになった。

四月中旬に富蔵の全身に湿疹ができた。熱にうなされた身体を不潔にしていたからである。

だが、富蔵は、その湿疹が自分の内部の不潔からきた報いだと受取り、激しい痒みに耐えて念仏を唱えていた。
数日後、富蔵は八丈島へ島送りになる日がきたことを告げられた。
文政十年四月二十六日、富蔵をはじめ罪人を乗せた流人船が、江戸の永代橋を出帆した。船は五百石積みであり、船首に「御用」と書いた白旗がはためいていた。
富蔵は、船内に設けられた船牢の別囲《べつかこい》に入れられた。旗本以下の身分の低い罪人たちは大部屋に入れられていた。八丈島へ送られる罪人は、富蔵を含めて次の八名であった。
本郷丸山日蓮宗本妙寺中本立院　光学
上総国望陀郡木更津村百姓　久兵衛
下総国葛飾郡清水村百姓　吉蔵
下総国葛飾郡坂戸村無宿　金太郎
武州豊島郡内藤新宿　旅籠屋召使　伊助
常州真壁郡高久村百姓　鶴松
下総国香取郡金江津村百姓　才助
それら八丈島送りの罪人のほかに、三宅島送りの罪人十数名が船に乗せられていた。

空は晴れ渡り、海は白銀色に光っていた。船は品川沖から神奈川沖をへて浦賀に寄港し、そこで検問を受けてから伊豆の下田に向かった。

下田の港からは東方に伊豆諸島がかすんで見える。が、最南の八丈島は視界に入らなかった。

下田から式根島へ、式根島から三宅島へと船は順調に進んで行った。

富蔵は波に揺られながら、自分の運命について考えていた。が、どんなに考えても未知の八丈島で展開される生活と運命については想像がつかなかった。八丈島は関ヶ原の敗将宇喜多秀家一族が流されてから流罪の島となり、世人からは鬼が島と言われていた。この島に流されたら、ふたたび生きて江戸へ帰る日がくる保証は全くない。罪の報いとはいえ、富蔵は不安であり、恐ろしかった。が、仏に身を委ね、今後どんな事があっても一生殺生だけはすまい、たとえ虫や蚤でも殺すまいという誓いを立てていた。父をも罪に陥れた悔悟の念は、ますます深まっていた。

他の罪人たちは本土から離れるとき、肉身との別れを惜しみ、涙を流して喚く者もあった。船が進むにつれて、彼等は黙し勝ちになり、不安に顔が蒼ざめていた。

「近藤さんよ、ふたたび生きて帰れるやろか。残してきた女と会える日がくるやろか」

賭博と喧嘩の罪に問われた吉蔵が、甲板で富蔵に出会った時に尋ねた。中柄の敏捷そうな男である。腕には入れ墨があった。

「わからない。それを当てにせぬ方がよかろう」

「ちえっ、何をぬかす、八丈島でむざむざ死んでたまるかい」

吉蔵は舌打ちした。

船が三宅島に着いた時、港には島の地役人や名主、組頭、百姓、古参の流人たちが数多く待っていた。彼等は歓迎のために集まってきたのではなく、本土から船が入るたびに行事のようにして集まっていた。本土の事情を少しでも知りたいのと、変化の少ない島の生活には、本土からの船を見ることが一つの楽しみでもあったのだ。

富蔵たちを三宅島へ無事に送り届けた警護の役人たちは、しばらくの間この島に滞在し、江戸に向かう船に乗って帰って行った。が、富蔵たち八人の八丈島送りの罪人は、二ヶ月余り滞在した後に、三宅島で仕立てられた御雇船で八丈島へ送られることになっていた。その間、富蔵たちは、三宅島の島役所の指示によって粗末な仮小屋に住み、持参金と持参物で生活していた。そのため持参した金と物は減るばかりで落ち着かず、罪人たちはいらいらしていた。

いよいよ八丈島へ送られる日がきた。

御雇船の廻船は、御蔵《みくら》島の傍を通って黒瀬川の本流に向かった。西から東へ流れる黒瀬川の物凄いうねりで、船は木の葉のように揺れた。

「うへー、こりゃひどい」

吉蔵が船柱にしがみついて叫んだ。

帆は風をはらんで烈しく左右に動き、船は容赦なく翻弄される。

吉蔵と親しくなっていた伊助は、胆汁を出して船底に横たわっていた。

女犯の罪に問われた若い光学は、日頃の生臭坊主ぶりを消失して念仏を唱えていた。

富蔵の顔も蒼ざめていた。が、富蔵は、この時にも、自分が犯した罪の報いとして受け取り、瞑目端座して念仏を唱えていた。

漸く南方に八丈富士の姿を見た時、一同は安堵の吐息を洩した。


三宅島のときと同じく、多数の島人が着船を待っていた。

真夏の太陽が容赦なく島と海に照りつけていた。海辺にまで迫る切り立った断崖と、赫茶けた溶岩の原が、洋々たる紺青の海に続き、その向うには木の繁った八丈富士の裾野原が繰り広がっていた。それを眼にした時、富蔵は、いかにしてこの未知の島で生きて行くことができるかと、強い不安と緊張に襲われた。

八丈島は、今でこそ羽田空港から一時間、船便で東京から十時間ばかりで行くことができ、史蹟とレクリエーションで賑わう島となっているが、富蔵が足を踏み入れた時は、人口約五千人、うち流人が二百人余りの、経済的に恵まれない島であった。田畑は貧弱であり、地場産業としては機織《はた》りしかなかった。

富蔵たちは浜辺の仮小屋に収容され、そこで地役人の指図によって村割りが決められた。八丈島には五村（大賀郷、三根、末吉、中之郷、樫立）があり、流人を保護し監督するために、五人組百姓の組織が各村に作られてあった。富蔵は、三根村の五人組百姓の組頭に引き取られた。

三日後、富蔵は「陣屋」と呼ばれている島役所に呼び出された。島役所は三根村の隣りの大賀郷にあり、島の行政の中心であった。

組頭に付き添われて出頭すると、役人は、

「伊豆国附八丈島三根村流人近藤富蔵」

と、呼び上げた。そして役人は、「流人の渡世、当人勝手次第のこと」という法度を言い渡した。

「当人勝手次第」と言えば聞えはよいが、自分の力で生活の資金をかせいで生きて行けということであり、それができなければ野垂れ死にするのである。

五人組百姓たちは、富蔵のために小屋を作ってくれた。間口二間、奥行き九尺の粗末な小屋である。

だが、手に職のない富蔵は途方にくれた。

古参の流人たちの多くは百姓を手伝ったり、草履を作って売り歩いたりして露命をつないでいた。中には、建具師、小道具職人、桶屋、畳さし等の手仕事をしている者もあったし、学のある流人のなかには村人の子弟を教えて比較的恵まれた生活をしている者もあった。が、富蔵は百姓をした経験がなく、子弟に手習いを教える自信もなかった。草履などを作って売り歩くことは、旗本出身の者としての自負が許さなかった。

（一体、何をすればよいのか。坐して死を待つよりほかないのか……）

持参してきた金が少なくなっていくのが心細く、犯した罪の報いを、富蔵は改めて骨身に沁みて思い知らされていた。

島へきてから一ヶ月余りたった日の夜、富蔵は、やがてはやってくるであろう野垂れ死にの予感に脅え、一心に念仏を唱えていた。

隙間から洩れる月の光が、念仏を唱える富蔵の身体を照していた。小屋の周囲には野の草花と雑木が生い茂り、物音一つしない。

と、その時、

「富蔵よ、仏像を作れ。一心不乱に仏像を作れ」

と、囁く声がした。

富蔵は、はっと息をのんだ。周囲には誰もいないのに、確かに声がしたのだ。

無気味な静寂が支配した。

（……そうだ、たとえ野垂れ死にをしても、罪ほろぼしに仏像を作るのだ……）

富蔵の日焼けした顔に微笑みが浮かんだ。

数匹の蚊が富蔵の周囲を飛びかい、そのうちの一匹が正座した富蔵の膝の上に止まった。富蔵は、蚊をたたき潰さずに逃してやった。

翌日から、富蔵は部屋に閉じこもり、一心不乱に鑿《のみ》を握っていた。初めはぎこちない手つきであり速度も遅かったが、富蔵の集中力はすごかった。富蔵は、彫りながら念仏を唱えていた。

材料となる木は、五人組の百姓の家からもらってきた。百姓たちは、木をとってきて薪とするので、手頃な木の切り端は幾らでもあった。

富蔵は、最初にでき上った男物の仏像を組頭に進呈した。それは一尺大に近い、ふくらみのある立像で、僧衣をまとっていた。

「ほう……これは大したものだ。お前さんが独りで彫ったのか」

組頭は、しげしげと仏像を見つめた。組頭は四十過ぎの人の善い男であった。

「お前さんにこれだけの器用さがあるとは驚いた。どんどん彫るとよい。恰好は良いとは言えんが、魂のこもった親しみ深い感じの仏像だ」

組頭に賞められた富蔵は、嬉しく、勇を鼓して次の彫刻に向かった。今度は女体の仏像であった。それも好評だった。

富蔵は彫像の制作に打ち込んで行った。やがて、富蔵の小屋に、町人や百姓の姿をした立像などが並べられた。五人組百姓を通して富蔵の作品は評判となり、それを求める村人があったり、特別に注文する者も出てきた。富蔵は求めに応じて位牌を作ったり、恵美須像を造ったりするようになった。

すると不思議なもので、仏像の制作が一点突破となり、富蔵は大工仕事や石垣を築く仕事や、屏風を作って絵を描いたりする手仕事にも興味を持ち、才能を表わすようになった。少年の日に祖父と父を嘆かしたほどの富蔵だが、死活の境に直面して眠っていた才能が掘り起こされたのである。


「島抜けだ。島抜けだ。六人が櫓舟を盗んで逃げたぞ」

その知らせを受けて各村は大騒ぎになった。

富蔵を保護監督する五人組の百姓たちは、直ちに富蔵の所在を確かめにやってきた。が、富蔵は、その日も仏像作りに余念がなかったので、百姓たちは安堵した。

「お前さんは変な気を起こすでないぞ。お前さんなら大丈夫だとは思うが」

組頭が真剣な眼付で言った。

島抜けをしたのは、六年間流人として在島していた定吉と秀蔵を筆頭にし、富蔵と一緒に流されてきた吉蔵と伊助も含まれていた。彼等は末吉村、樫立村に割り当てられ、野良仕事に雇われて露命をつないでいたのだが、希望のない寂莫たる日々の生活に耐えられず、定吉や秀蔵の勧めるままに島抜けの仲間に加わったのである。

だが、島抜けは死罪にするという法度が定められていた。その極刑と島抜けの困難な危険を犯してまでも、享保七年（一七二二）に二人、寛政五年（一七九三）に二人、享和二年（一八〇二）に三人、文化元年（一八〇四）に四人の島抜けが、文政十年に至るまでにあった。その後も、天保九年（一八三八）に花鳥という元遊女を含む七人、弘化二年（一八四五）に元遊女豊菊を含めた七人の島抜け事件が起こっている。だが、いずれも途中で捕えられて死罪になったり、荒海の藻屑となったりしていた。伊助や吉蔵たちは、万が一の奇蹟に賭けたのである。そして、前の日の夜、南方から秋風が吹いてきていた好機をとらえ、かねてから示し合わせていた計画にしたがって舟を盗み出し、出帆した。しかし、彼等が出帆したことが翌朝に発見され、大騒ぎになったのである。

島抜け人を出した五人組の百姓たちや地役人、名主は責任を問われるので、善後策を協議し、各村の港を徹底的に調査して廻った。舟を出させて海も調査した。

三日後、黒瀬川の潮流の地点で、伊助や吉蔵たちの盗み出した舟が転覆して浮いているのが発見された。彼等の必死の努力と願いにもかかわらず、賭けは成功しなかったのである。

舟が発見された日、八丈島から眺望する太平洋の海原は、淡い陽光を受けて穏やかに明るく凪いでいた。

富蔵は、この結末を伝え聞いた時、内からこみ上ってくる激しい衝動に襲われた。伊助や吉蔵たちが哀れであった。「残してきた女と会う日がくるやろか」と言った吉蔵の、未練がましい言葉が思い出された。その時、富蔵は「当てにせぬ方がよかろう」と言って吉蔵を怒らせた。が、吉蔵の死に直面して富蔵は、父重蔵に会うことが全く断たれてしまった境遇にあることを改めて思い知らされた。吉蔵らの死と、父重蔵と再会できるか否かの問題は何の関係もないことだが、流人としての厳しく哀しい状況が、吉蔵の死によってまざまざと示された思いであった。富蔵は、近江の地に送られて行った父がいかに過していゐるか想像がつかなかった。非は自分にあったとはいえ、近藤家を潰し、父にまで責任を負わせた苛酷な処置が、今更ながらうらめしかった。

富蔵の胸中に、悲哀の情が波のように押し寄せていた。誰もいない山中で思いきり泣きたかった。富蔵は仕事の手を止め、登竜峠《のぼりりよう》へ向かって行った。

登竜峠は、三根と末吉のほぼ中間にある標高四百メートル程の峠である。富蔵の家から一時間余りで行くことができた。

富蔵は峠の頂上に立って、眼下に繰り広がる太平洋を見つめた。晩秋の海は寂しさと深さをただよわしながら紺青に澄み、太陽の直射を受けた部分が白銀色に光っていた。八丈小島が椀をかぶせたようにぽっかりと浮び、底土湾、三根、大賀郷は何事もなかったように静かにたたずんでいた。富蔵は、黒瀬川の潮流に呑み込まれた吉蔵や伊助の姿を思い浮かべ、彼等の冥福を祈った。また、父重蔵が生きながらえてくれることを祈った。

（互いに生きて再会することができないかも知れぬ。しかし、何時かは必ず……生きる厳しさ、空しさに耐え、何としてでもこの地で生き抜き、近江の地を訪ねたい……）

富蔵の眼に涙が光った。

富蔵がかなりの腕の彫刻師であるという評判が立つと、生まれが旗本の出身であり、六尺豊かな身体であることと合せて、村人、殊に若い女性たちは、富蔵に好奇と注目の眼を注いだ。彫刻された仏像を見ることにかこつけて、富蔵を見にくる娘も少なくなかった。

島人たちは流人に対して寛大であった。流人たちのことを「くんぬ」（国奴、内地の国人の意味）と呼んでいたし、流人たちと結婚する島の女も少なくなかった。しかし、流人と結婚した島の娘は「水汲み女」と呼ばれ、島民と結婚した「女房」と区別されたし、また、流人が赦免されて内地に帰る時には、現地妻と同伴で帰る者は殆んどなかった。そういう不利な条件にもかかわらず、流人たちと結婚して苦労を共にする女が少なくなかったのは、宇喜多秀家の一族十三人が流されてきて以来、島民の間に培われてきた、異郷人を迎える優しい新人《あらひと》好みの心情と風習の故であった。

秀家は豊臣家五大老の一人であったが、三十三歳にして八丈島へ流罪になり、明暦元年（一六五五）八十三歳で没している。

後年、富蔵は『八丈実記』の中で書いている。

「この土地ほかに楽しみなければ、渡海船の出入、国船の漂着を見物するを第一の壮観とす。新島、三宅の入船あれば、その宿見知りの家より、婦女食籠竹筒を頭にささぎて出迎え、港に群り、岸に呼ぼうて己れが宅に連行き、濁酒《どぶろく》のもてなし賑かなり。また漂着の舟人等止宿する村々は、美女小娘つどい集まり、この家あの宅と呼び迎えて饗応す」

富蔵に好意を抱く娘の一人に逸《いつ》がいた。逸は隣村の大賀郷の百姓沖山栄右衛門の長女であった。しかし、沖山栄右衛門は、大賀郷村に住む五十人ばかりの宇喜多流人（宇喜多秀家の血脈に通じた者）の子孫の一人で、島の原住民ではなかった。

逸の家と富蔵の家とは、隣村といっても歩いて二十分ばかりである。

逸は富蔵に惹かれて、足繁く富蔵の家へ出かけていた。

富蔵は、最初逸を見たとき、眼元の澄んだ、純な感じの娘《こ》だと好感を持った。自分を裏切った恋人そえのような透きとおった美しさと色艶はなかったが、話していると人を裏切らない素朴さと優しさを感じさせた。

逸は食物をもって訪ねてくることもあり、食事の仕度を手伝うこともあった。

年が明けて間もない日、富蔵は誘われて逸の家へ行った。

栄右衛門一家は富蔵を歓待した。栄右衛門は山畑で働き、妻は機織りをして、細々と生活をしていたのだが、酒も振るまって富蔵をもてなした。

「あなたはこれからが大変だのう。しかし、人間、何をしてでも生きられるものだ」

栄右衛門は、日に焼けた丸顔に笑みを浮べた。栄右衛門の中柄な全身は、すっかり百姓になりきっていた。

「わたしの先祖がこの島にきてから二百二十年余りになるのです」

こう言って栄右衛門は、先祖が宇喜多秀家の流れを受ける出身であることを語った。

富蔵も父重蔵のことを中心にして、自分の素性を語った。

同じく武家の血を引きながら、流人として生きねばならないという共感と親しみの情が暖かくかよった。

逸は、もてなしに懸命になっていた。

富蔵の好きな山芋を煮る匂いが、心地よくただよっている。

「逸さんには何かとお世話になっております」

「逸はあなたが好きなようだが、あなたなら娘の心に任せてよいお人だ」

富蔵は深く頭を下げた。

逸は、二人の話に耳をそば立てていたが、その時、上気したように顔を赫らめた。

十二　江州本草

　富蔵が仏像を作ることによって生活できる道を見出し、逸と相愛の仲になっていった頃、重蔵は大溝藩士との交わりにすっかりなじんでいた。

　藩主光寧は、重蔵が自殺をしたり、脱走を企てたりする危険がないことを知るとホッとするとともに、重蔵が藩士の教化の上で良い影響を与えていることを喜び、可能な限り重蔵に自由を与えるため、毎月の一日と十五日に外出を許可するように家老に命じた。

　家老の沢井八郎右衛門は、藩主の意向に異存はなかった。八郎右衛門は、尾張藩から差し遣わされてきた家老で、外様大名の分部藩に幕府への忠勤に励ませる役割を担っていた。

　外出許可の知らせは重蔵を喜ばせた。

　最初の外出は、九月の初めに行なわれた。

　その日、重蔵は、藩大目付の湯浅求馬と別府甚内および他の三人の番士たちとともに、陣屋の西方に連なる山の麓にある円光禅寺と、その北隣りにある瑞雪院《ずいせつ》を訪れることになっていた。円光禅寺は分部家代々の藩主を葬っている寺院であり、瑞雪院は藩主の奥方や主な藩士の墓地のある寺院である。

朝方に獄舎から出た重蔵は、新鮮な空気を味わいながら、湯浅求馬と肩を並べて歩いていた。一歩一歩、踏みしめるように歩いていた。甚内を先頭にして他の藩士たちがその後に続いた。重蔵の頭髪には、とみに白髪が増え、顔は皺を濃くしていた。

「湯浅殿、この地は自然に恵まれた平和な土地だのう」

重蔵は、周囲に繰り広がる田圃と前方の比良山系の小高い連峯を見回して言った。

求馬は、中背の小肥りの身体に滲み出てくる汗を拭いながら、顔をほころばせた。

「拙者はこの土地に生まれ、この土地に育ったのですが、平和な、良いところです。殿はお若いが学問を好まれる御主君です」

「拙者は若い日にこの地に秘かにきたことがあり、あの比良山系の山々にも懐かしい思い出がある。その時と少しも様子は変わらぬ。この地は素朴で人情の厚い土地だのう」

常緑樹の生い繁った山々は、陽光のもとでくすんでいたが、重蔵にはそれらの山々が懐かしく新鮮に見えた。

かつて重蔵は、近江の伊吹山や比良山で野宿し、そこに生えている薬草や草花に関心を抱き、漢方薬や蘭学についての知識を求めた日もあった。しかし、北方探検の魅力が、その関心を途絶えさせてしまった。

一行は程なく円光禅寺に到着した。土塀の内側には、庭園に続いて本堂と庫裡があり、本堂の裏側に墓地があった。

一行は歴代の藩主の墓に詣でた後、宝州和尚に案内されて本堂に上がった。

重蔵は読経の間瞑黙し、自分の運命と家族の安否に思いを馳せていた。

宝州和尚は、重蔵の学識と経歴が並々でないことに畏敬の念を抱いていた。そして和尚は、重蔵が流罪の身として悲傷の心境にあることを慰めるとともに、重蔵を悟りの境地へ導きたいと思った。

「のう、近藤殿」

読経を終えた後、和尚は微笑みながら、穏やかに言った。

「今後外出をされた日には、ゆっくり話を交わしましょう。近藤殿のお話も承りたいし、拙僧の話も聞いてもらいたい。おかげで拙僧の楽しみが増えましたぞ」

重蔵は顔を和らげて頷いた。

一行は隣の瑞雪院へ移った。

瑞雪院は民家風の建物であり、その南側にある三十段ばかりの石段を上がった所に、藩士たちの墓地があった。墓地の上には小高い丘があり、丘の背後には、樹々の生い繁った山並みが続いていた。

重蔵の所望で、一行は丘に登った。山を背にして、重蔵の左右に求馬と甚内が並び、他の藩士たちがその後に並んだ。

重蔵は東方の眼下に広がっている田圃と琵琶湖を見つめた。

満々と水を湛えた湖水は、陽光を浴びて紺青に色づいて光り、対岸の鈴鹿山系の山々もはっきりと見えていた。まるで絵に描いたようだ。

（絶景だ。海は懐かしい……）

重蔵の心に、遠く過ぎ去った若き日の思い出が甦った。怒濤さかまく海を乗りきり、甲冑に身を固めて、国後島、択捉島へ上陸したこと、利尻富士の山頂から日本海を眺め、北方警備に思いを馳せた日の姿などが思い出された。北方のオホーツク海は、穏やかな琵琶湖とは対照的に厳しさと底深さを湛えていた。

「わしが死んだら、この絶景の場所に埋めて欲しい」

重蔵はうめくように呟いた。

甚内は、

（死んだらなんて、気の弱いことを言われる……）

と思いながらも、重蔵の心を察して頷いたが、求馬は黙して聞いていた。

帰途、重蔵は、石段の両側の土地に種々の薬草や雑草が繁茂しているのを見て、異様に眼を輝かした。そして、オオバコ草や芍薬、その他三、四種の薬草を摘みとって獄舎に持って帰った。

重蔵は『和漢本草目』という植物年鑑を借り求め、翌日から没頭して読んだ。

重蔵は藩士たちに頼んで、憑かれたように植物の採集を始めた。外出を許された日には、宝州和尚と清談した後、必ず瑞雪院の丘に立って湖水を見つめ、また、自ら種々の草を持って帰った。

重蔵は植物がかなり集まると整理をし、『江州本草』三十巻の執筆にとりかかった。紙をあまりにも多く使うので、藩の財政を圧迫するという苦情が出たほどであった。

そうした苦情を伝え聞いて、重蔵は甚内に言った。

「今わしにできるのは、これ位のことだ。これは必ず世に益することになると思うから、大目に見てくれるように伝えておいてくれ」

文政十一年（一八二八）の五月初め、大溝の町は明日に迫った祭の準備で忙しかった。

円光禅寺と瑞雪院から三十メートルばかり南にある日吉郷社には旗幟が数本立てられ、神《み》輿《こし》の手入れも行なわれていた。夜になると、各家の提燈に灯がともり、城下の各町では笛と鐘・大鼓による囃子が奏でられて、祭の雰囲気を盛り上げていた。明日になると、朝早く、町奉行が足軽を従え乗馬して町内を巡視し、その後、各町から選ばれた若い衆たちが神輿《みこし》をかついで町内を練り歩くのである。

囃子の音は、重蔵のいる獄舎にも聞えていた。が、重蔵の気持は滅入っていた。重蔵は、若い日に妓楼や別荘で遊興した華やかな日々のこと、媒子、雅楽姫、田鶴姫、美穂、国、マサなどを妾妻にしてきたことなどを、槿花一朝の夢として思い出していた。破格の武士として分不相応と指弾されながらも、自分の生き方を押し通してきたことを思い出していた。しかし、今となって心残りは、わが子富蔵と吉蔵、熊蔵の行く末である。

（富蔵よ、お前はお前の人生の宿命を雄々しく生きて行け……）

横田秋蔵がさぐってくれたところによると、富蔵は健勝のうちに八丈島で暮していると のことである。三男の吉蔵は三浦家より三田小山不動院へ見習僧として預けられ、熊蔵は三浦家へ預けられていた。

二宮圓治が姿を見せた。

「近藤様、お退屈でございましょう」

「いや、囃子の音に耳をすまし、昔を思い出しておった」

「近藤様が当地にお見えになられてから、すでに一年有余になられるのですね。初めはどんなお方かと思っておりましたが、今は、皆が近藤様に感服致しております。……ところで、ご著書の方は進んでおりますか」

重蔵は、書きためてきている分厚い紙束を指さした。植物を貼りつけた紙束は獄舎の片隅に積まれていた。

「今年中には江州本草も完成するだろう。老骨を鞭打っての仕事だ」

「近藤様の御精進には頭がさがります。誰も真似のできることではありません」

「わしが今やっているようなことは、ほんの手なぐさみに過ぎぬ。わしが今も気懸りにしておるのは蝦夷地のことだ。択捉、国後までも出かけて国威を宣揚し、蝦夷地を開拓しようとしたわしの努力が、無になっていることが悲しいのだ……。おぬし、わしの気持はこうじゃ」

重蔵は、小机の抽出から一枚の紙をとり出した。そこには次の漢詩がしたためられていた。

諸公粉飾太平春（諸公粉飾ス太平ノ春）
只合靡才老小民（只合《マサ》ニ才ヲ靡《ビ》シテ小民ニ老ユベシ）
形勢誰能指其掌（形勢誰カ能ク其掌《タナゴコロ》ヲ指ス）
久要吾欲託何人（久要《クヨウ》吾何人ニ託サント欲ス）
青山採薬休相笑（青山《セイザン》ニ薬ヲ採《ト》ル相笑フヲ休《ヤ》メヨ）
白首著書慵倣嚬（白首書ヲ著ス嚬《ヒソミ》ニ倣《ナラ》フニモノウシ）
聞道魯連耻秦帝（聞クナラク魯連《ロレン》秦帝ヲ耻《ハ》ズト）
賈生痛哭亦傷神（賈生《カセイ》ノ痛哭《ツウコク》モ亦神《シン》ヲ傷《ヤブ》ル）

重蔵は自作の漢詩を読んでから、意訳して聞かせた。

――幕閣の諸公は太平の春を謳歌して世界の情勢を知らない。こうした世にあっては、私は空しく才を消耗して小民として老いて行くばかりである。今日の形勢を誰がよく認識しているであろうか。わが国の祖法（久要）を私は何人に託して行けばよいのであろうか。私は今、山で薬草を採集しているが、この姿を笑わないで欲しい。私は白髪頭の老いた身で書物を書いてはいるが、その真似事も、ものうくなってきた。聞くところによると、中国の斉の高士魯仲連は、秦の国王を帝に仰ぐことを勧めた者をしりぞけて国を守ったという。また漢の賈誼《かぎ》（賈生のこと）は、国事を憂いて文帝に上書したというが、賈誼の国事への痛嘆は、私の嘆きでもあるのだ――

圓治は重蔵を見つめ、心をこめて言った。

「近藤様、わたしは学なき故に天下国家のことは分りませんが、わたしは近藤様の悲しみを少しでも和らげ、お役に立つことがあれば為したいと思っております。近藤様はわたしのような能のない者を少しも軽蔑せずに対等に接して下さる。それがわたしには嬉しいのです」

「いや、いや、おぬしが、これまでいろいろの薬草を採ってきてくれたのを有難く思っている。おぬしと話していると心がなごんでくる。わしはこれまでに随分と汚ない輩に接してきたでのう。この大溝の地での生活が生涯で一番平和な日々だ。どうだ、今宵も一局所望しようか」

重蔵が『江州本草』三十巻を書き上げたのは、翌年の二月末であった。光寧は喜び、金一封を与えて重蔵をねぎらうとともに、その旨を幕府に報告した。

幕府は、重蔵を大溝の地に移した当初、隠密を派遣して重蔵の動静をさぐらせている。そして、重蔵が謹慎しながら読書や著述に専念している様子に安心したが、重蔵を必要としない今は、罪を解いて江戸へ呼び寄せる意思はなかった。

『江州本草』が完成した日、重蔵は甚内に言った。

「わしの手なぐさみの仕事は終った。この書は少しは世に役立とう。人間というものは、いつどんな時でも、何か自分が打ち込める仕事をしなければ空しくなるものだ。さあ、これから何をしようかのう」

甚内は、とみに思慮深さの加わってきた肉付きのよい顔をほころばせて、

「近藤先生を慕っている藩士は多いのです。わしら若輩の者のために、御壮健でいろいろお教えいただきたいと願うのです」

「おぬしは将来のある身だ。初めのうちは、がさつな男だと思ったが、段々にしっかりしてきた。おぬしを見ると、いつも富蔵のことを思い出す……ところで、富蔵のことでおぬしに頼んでおきたいことがある」

「富蔵殿は御健勝の由、うけたまわりましたが……」

「富蔵は苦労して働きながらも、健勝に暮しておるようだ。富蔵も何時かは赦免される日がこよう。そして、この大溝の地にくるかも知れん。わしが死んだ後、もしそのようなことがあれば、おぬし、横田殿とともに富蔵を頼むぞ」

「そんなお気の弱いことを」

と、甚内は言ったが、重蔵の逞しい身体が、徐々に弱ってきているのを感じずにはいられなかった。


その頃、富蔵は逸を娶《めと》り、仕事に精を出していた。昼から降り続いていた雨があがり、夕暮がしのび寄っていた。

「富蔵様、お食事の用意ができました」

逸は顔をほころばせた。

夕食は、富蔵の好物の塩辛で味付けした諸がゆであった。

富蔵は喜び、木椀で五杯もおかわりした。

「逸、お前はよう気を使ってくれる。お蔭でこの通りだ」

富蔵は右腕を上げて折り曲げ、力がついてきたことを誇示して見せた。

逸は嬉しかった。富蔵と結ばれ、十七歳にして水汲み女となったが、早くも胎内には小さな命が息づいていた。夫が自分と結ばれたことによって生き生きした表情を見せ、仏像を彫ったり、絵を画いたり、石垣築きや大工仕事などに精を出してくれている姿が嬉しかった。

しかし、富蔵の稼ぎだけでは生活は苦しかった。そこで逸は、実家や村人の家へ行って紬《つむぎ》を織る手伝いをして、何がしかの品をもらってくることが度々あった。それに島の女の仕事として、朝夕水源まで出かけて水汲みに行かねばならなかった。島は雨が多いが、熔岩と火山灰からできている大地は雨水を深く吸い、井戸を掘ることができなかった。が、逸はそれを不平に思うことなく、当然の務めとして励んでいた。

「逸、身体に気をつけろよ。腹の子に差しつかえぬようにな。なんなら、わしが水汲みに行ってもよいのだぞ」

「とんでもありません。そんなことをしていただきましては、笑われます。そのお言葉だけで逸は嬉しうございます。逸には、水汲みなど少しも苦ではございません」

富蔵は頷き、

「せいぜい気をつけてやってくれよ」

貧しくとも暖かい空気が小屋に満ちていた。小屋の外では、雨に濡れた椿の花がしっとりと色づき、白味がかった紫陽花が萌え出ようとしていた。

「明日は稲五郎さんの所へ行こう」

富蔵は、ふと思いついて言った。

「加藤様もお待ちでしょう」

加藤稲五郎は、昨年の十一月に島へきた流人であった。稲五郎は富蔵と同年齢の二十五歳で、火消役本多六郎組の同心であったが、冤罪《えんざい》で島送りになってきたのである。稲五郎は、古参の流人山田栄蔵に勧められて浄土真宗に帰依し、経文を写し読経に努めていた。彼は商才もあった。一方、栄蔵は、文化十四年（一八一七）に流罪になった芸州浪人で、島送りになってから内地との交易に精を出していたが、発心して剃髪し、僧名を楽西《ぎょうざい》と称していた。

富蔵が稲五郎と親しくなったのは、仏像を通じてであった。稲五郎が富蔵の彫った仏像を求めに来て二人は意気投合したのである。

その時、稲五郎は、

「あなたが近藤重蔵様のご長子だったのですか。わたしの父が重蔵様に大変お世話になったことがあるのです。どこに縁があるか分らない」

稲五郎の口から、父が近江で健在であるらしいことを告げられ、富蔵の喜びは大きかった。できることなら、逸と結婚して無事に過していることを父に知らせたかった。

富蔵と稲五郎は、力を合せて生き抜くことを誓った。

十三　慟《どう》哭《こく》

朝から雨が烈しく降っていた。厳しい冬が過ぎ春がきたことを告げる雨であった。

重蔵は屋根瓦に打ちつける雨の音を聞きながら、圓治と碁を打っていた。

ときおり雷鳴が雨音を破って鳴り響いた。

「おう、春雷だ」

重蔵は打つ手を止めて耳をすました。それから、雲が走っている曇天の空を格子戸越しに見つめたが、突然立ち上って叫ぶように言った。

「天がわしを迎えにきた。わしは雷となって天に昇るんだ」

気が違ったのではないかと圓治が思ったほど、重蔵は真剣なまなざしをしていた。

「わしの雅号は昇天真人じゃ。雷公となって北方に飛んで行くのだ」

圓治は頷いて、

「近藤様の雅号は、昇天真人でしたな」

と言って、心配そうに重蔵を見つめた。

重蔵の顔は冴えず、むくんでいるように見えた。

その日から、重蔵の身体は急に弱りはじめた。碁も書物も手がける気力を失い、顔だけでなく身体のむくみが目立ってきた。大溝藩は、前田文徴を筆頭にして、岡村意庵、藤田省吾、別所養寿の医師四人を付けて手厚く看護させた。

しかし、重蔵の容態は日に日に悪化し、痰気も生じてきた。五月末からは高熱もときどき出し、半身不随の状態となった。重蔵は熱にうなされながら、

「……富蔵、富蔵……」

と呟いたり、

「……蝦夷へ……わしは、わしは……」

と、声高に口走ったりもした。

秋蔵、甚内、圓治をはじめ、藩士たちは、重蔵の回復のために気をつかった。藩主の光寧も、「生かしたい人物じゃ」と家老に言った。

しかし、重蔵の容態は悪化の一途を辿り、食事量もごく少なく、排泄物も布団へ垂れ流しの状況になった。

医師団は、克明にその病状の経過をしたためていた。その「近藤様御容體書」と題する記録は現存しているが、医師の診断するところでは、重蔵の病気は「関格症」であった。

「関格症」というのは、肝臓・腎臓等の内臓の機能が麻痺し、食物を吐き出したり、用便の不通や精神の錯乱を生起したりする病である。そのため、医師たちは、芍薬、人参、甘草、橘皮《きっぴ》（みかんの皮）を煎じたり、御飯も食べ易いように中指の大きさに握ったのを作ったりした上に、重蔵が握り飯を幾つ食べたか、用便は何時・何度し、その量はどれだけであったか等、実に克明に記録した。それは、幕府からの預かり人の容態を後日報告する資料とするためでもあった。

そして、文政十二年（一八二九）六月九日のこと――

その日は、朝からどんよりと曇っていた。

明け方より重蔵の身体には汗が滲み出、脈膊は速くなり、苦しげな表情を浮かべた。

午後から降りはじめた雨は、夕刻に近づくにつれて雷鳴を伴い、一層烈しくなった。

重蔵は薬を受けつけず、昏睡状態に陥って行った。

医師の前田文徴のほか、横田秋蔵、甚内、圓治らが見守っていた。

脈をみていた文徴が、首を左右に振って見込みがないことを告げた。

その時、夕闇の空に稲妻が走り、続いて雷鳴が轟いた。

一同は思わず、すくむように身をかがめた。と、昏睡していた重蔵が眼をあけ、必死に何か言おうとした。が、言葉にならず、空しく右手が物を掴むように動いた。

周囲は重くるしく静寂になった。

「御臨終でござる」

脈を確かめていた文徴が言った。

五十九歳で重蔵の命は絶えたのである。

威厳のある安らかな顔であった。


重蔵の死は、医師の診断書を添えて幕府に報告された。

藩主光寧としては重蔵を手厚く葬ってやりたかったが、重蔵はあくまで幕府からの預かり人であり、幕府の指示を受けなければならなかった。そこで、次の検死伺いを差し出した。

「近藤重蔵死骸塩詰仕随分入念差置候段従二在所一中越候検死之儀奉レ伺候　以上
分部左京亮」

塩漬けには三人の徒士が当ったが、その中には二宮圓治も加わった。圓治は、重蔵の膨れた身体を丁寧に拭きとり、塩漬けの後、棺を薬草でもって被った。

検死日は七月十六日と決定した。その検死の日に合わせるため、一カ月前の六月十六日に死去したものとして処理された。関係者の都合によるこのような死亡日の変更は、昔にはよくあったことである。

幕府は小川伊兵衛を正使とし、坂部兵助を副使とする一行を七月十六日大溝の地に差し遣わし、大溝藩からは家老を筆頭にして関係者が立ち会って検死が行われた。

塩漬けにした遺体は、時々塩箱を差しかえて腐敗を防いでいたとはいえ、悪臭が一行の胸をついた。屍体には白髪と顎鬚が伸びていた。一同は一瞬顔をそむけた。

秋蔵と甚内は、口元を引き締め、固唾《かたず》を呑んで見つめていた。

屍体を取り巻く武士たちの胸にも、重蔵の最期のみじめさが重くのしかかっていた。しのつく雨の中で、重苦しい気持から一刻も早く解放されたいためか、検死は早く、滞りなく行なわれた。そして遺体は、陣屋の不浄門から重蔵の望みであった瑞雪院の墓地の一角に運ばれ、土葬されることになった。そこは、重蔵がこよなく愛していた、琵琶湖を眺めることができる丘上の、藪の茂みに近い片隅であったが、法号もなく、墓石も藪の方に向かって置かれることになった。手厚く葬りたい藩主の意向はあっても、重蔵はあくまで公的には罪人であり、風習と法度による格式はどうしようもなかったのである。

しかし、圓治ら四人の徒士が墓地に柩を運ぶ時、重蔵と親しくしていた番士たちや町人の多くが見送った。

秋蔵と甚内は、柩から少し離れて墓地へ向かった。

二人は墓所に百合の花を飾り、瞑目して合掌した。

自ら遺体を葬った圓治は、墓所の土をいたわるように撫でていた。

秋蔵は、甚内に促されて墓所の上の丘へ行った。二人は無言のまま、じっと琵琶湖を見つめた。

湖水はどんよりとした空のもとで薄墨色を呈し、白波を立てていた。対岸は煙って見えない。湖水は生き物のように日によって表情を変え、薄墨色に見えたり、紺青色や乳白色に見えたりし、対岸の山々も、はっきり見える日と見えない日があるのである。

「一代の英傑として葬りたかったのう、横田氏」

甚内が、ぽつりと言った。

「近藤さんのような文武に秀でた探検の先覚者を、もっと手厚く葬りたかった……」

秋蔵は、面長の顔を引き締め、めずらしく吐き捨てるように言った。

「しかし、ご子息の富蔵殿がここに参られる日が、何時かはくるやもしれん。近藤さんもそれを言っておられた。横田氏と拙者の二人が、揃って富蔵殿をお迎えする日がくるとよいのにのう」

「もしその時がきたら、心からお迎えしよう」


富蔵が父の死を知ったのは翌天保元年（一八三〇）の五月であった。内地の江戸よりこの春に流人を警護してきた役人から伝えられたのである。

「逸、お父上がお亡くなりになった」

富蔵の頬は涙で濡れていた。

逸は、どう言って慰めてよいのかわからなかった。

富蔵は仏前に正座してうな垂れた。

（無念だ。こんなに早く逝かれるとは……）

父の命を縮めた大きな責任が自分にあることは、否定できなかった。

（どんな御最期であられたのだろう。近江の地での御生活はどんなものであられたのだろう。さぞ、御無念なことであったに違いない……）

この悲しむべき日がくることを覚悟していたとはいえ、次々に沸き起こってくる父への思いと自分を責めつける気持が交錯し、心は乱れ、富蔵は悲傷な思いに駆り立てられていた。

逸は、富蔵の後ろにそっと座り、富蔵をいたわるように見つめた。二歳になったばかりの操《みさお》が逸の胸に抱かれ、無心に母親を見上げている。逸に似て丸顔の愛くるしい娘であった。

（富蔵様、強く生きて下さいまし。この娘《こ》のためにも強く生きて下さいまし……）

逸は祈るように心の中で呟いた。

富蔵は念仏を唱え始めた。一心に念仏を唱える声は、哀しく逸の胸をつき、逸の頬に涙が流れつたった。

一時間余り念仏を唱えた後、富蔵は急に立ち上り、

「ちょっと出かけてくる」

どこへ行くとも言わなかった。

富蔵の足は、登龍峠に向かっていた。峠の頂上に立った時、海は初夏の陽を受けて真青に澄み、沖の方は銀色に輝いていた。爽やかな涼風が頬を撫でる。が、富蔵は、それらの風光が自分の気持にそぐわない違和感を覚え、草むらの上に腑伏《うつぶ》して嗚咽《おえつ》した。

それから富蔵は、中之郷村の長楽寺に向かって行った。長楽寺には山本栄蔵や加藤稲五郎の師である大誠和尚がおり、富蔵も師事して念仏会に加わっていた。

長楽寺に着いたとき、初夏の日は暮れようとし、寺は樹々の繁茂した静かな雰囲気の中にたたずんでいた。

富蔵の沈痛な姿を見て、大誠和尚は、

「思う存分嘆き悲しむがよい。わしは口先でおんしを慰めようとは思わぬ。嘆き悲しむ中からお父上の霊をお弔いする道を見出すがよかろう。お父上は浄土からおんしを見守っていなさるのじゃ」

富蔵は両手をついて聞いていた。

「おんしも一度は仏門にあった身じゃ。仏門を捨てて人を殺《あや》め、今は嘆き悲しんでいるとはいえ、御仏は決しておんしを見捨ててはおられぬ。念仏を申してお父上の霊をお弔いするがよい」

大誠和尚の温かい言葉が、富蔵の心に強く響いた。

その夜、富蔵は長楽寺に泊めてもらい、本堂で夜を徹して念仏を唱えていた。

翌日、富蔵は、和尚に勧められて三根村の尾端にある大悲閣観音堂に行き、三日間こもった。

観音堂は小高い丘の上にあり、周囲には樹木がうっ蒼と茂り、そのはるか向うに太平洋が垣間見えていた。

富蔵は粗末な無人の観音堂にこもって、ひたすら父の冥福を祈った。三日間食事をせず、水だけであった。

この間、逸は、富蔵の安否を気遣い、祈りながら、殆んど眠らずに待っていた。


重蔵が死んでから三年後の天保三年（一八三二）六月、眼の鋭い中年の偉丈夫な武士が円光禅寺を訪ねてきた。

宝州和尚は、その武士が大塩平八郎であることを告げられて驚いた。

「拙者は中江藤樹先生のお墓に詣でてきたのでござるが、かつて近藤重蔵殿とは親しくしておりました縁で、近藤殿の墓所を訪ねて参ったのでござる」

平八郎は和尚に案内されて、重蔵の墓所の前に立った。

花が生けられていたが、表に「近藤守重之墓」、裏に「文政十二己丑年六月十有六日」とだけ彫られた小さな粗末な墓石だった。

（ここで近藤殿は眠っているのか。一世に文武の名を馳せた近藤殿の最期はあまりにも痛わしいのう……）

宝州和尚はお経を唱えていた。

平八郎は瞑目して合掌した。

重蔵が大坂弓奉行であった日のことを、平八郎は思い浮かべた。破格の武士であった重蔵が、幕府にうとんぜられて遂に晩年をまっとうできなかったことが哀れであった。しかし、進む道は異なっていても、決して他人事でない気がしてならなかった。世の格式に慣れ、それに甘んじて生きなければ、悲劇的な境遇に陥り易いものなのだ。

平八郎は、二年前に大坂東町奉行高井山城守が引退した時に自らも与力を辞職し、「洗心洞」塾を起こして陽明学の教授と著述に没頭していた。そして、近隣の農民や与力・同心の子弟と深い交流を持っていたし、『洗心洞劄記《さつき》』などの書で陽明学者としての名を高めていた。平八郎が中江藤樹の墓と学問を講じた書院を訪れてきたのも、自ら武士の地位を捨てて田舎の郷里に帰り、母に孝養を尽くし、隣人に深い教化を与えた中江藤樹を慕ってやまない心からであった。平八郎は、「克己慎独《しんどく》」をかかげて自他の生き方を正そうと真剣に努めてはきたが、中江藤樹のような至純な生き方と境地にはるかに及びえない自分を深く感じていたのである。そして、藤樹を慕う心から、「藤樹先生致良知三大字真蹟に跋す」という一文を書いてきた。

しかし、平八郎が藤樹書院を訪れた時、その建物は朽ちかけ、藤樹の門弟の末流で医師の志村周二が、書院を守っているだけであった。学を継ぐ者はいない。

平八郎はそれに驚き、嘆いて歌を作った。

院畔の古藤、花尽くる時
湖に泛《うか》び来り拝す昔賢の碑
余風比良の雪に似たるあり
流滅して人此の知に致《いた》ることなし

「知行合一」と「致良知」こそ、平八郎が熱く求めることであり、その範を示したのが藤樹であった。「良知」とは、「親を愛し兄を敬し、善悪を知るの良心」であり、身を慎み誠意をもって精励することによって達することができると、平八郎は考えていた。

しかし、平八郎の胸中には、強い不満と怒りがくすぶっていた。幕政が奢侈腐敗に流れ、役人と手を組んで私利私欲に耽る大商人や豪農が横行し、貧農や町人たちが苦しんでいること、「洗心洞」塾に訴えにくる農民たちが跡を絶たず、それが年々増えてきていることに心を痛めていた。しかも、それを正すべき町奉行所の役人たちが、徒らに禄を食み、私利私欲に走り、事なかれ的に生きていると思われることに、平八郎は、世を正して理想の政治を実現し、民衆のための幕藩体制に戻さねばならないと考えていた。その点で平八郎は、藤樹とは違って、政治への関心を断ちきれなかった。

重蔵の墓に合掌していた時、

「貴公のことは忘れんぞ。大塩殿は自重して進まれよ」

と言った重蔵の別れの言葉を、平八郎は思い浮かべた。

宝州和尚は、重蔵の大溝藩幽閉中の状況を語った。

平八郎は、重蔵が身の悲運を嘆きつつも大溝藩士を教化したこと、最後まで国事への関心を失わなかったこと、に心を動かした。

（重蔵殿、また参るぞ。安らかに休まれよ）

平八郎は心の中で呟き、墓所を去った。

それを契機にして、平八郎は、翌天保四年の六月と九月と十一月に藤樹書院を訪れるとともに重蔵の墓所を訪れて霊を弔った。その時、平八郎は、藤樹書院に『王陽明全集』と自著『洗心洞劄記』を寄進するとともに、書院で講義をしたり、書院修復のために門弟と計って十五両を寄付したりした。志村周二のほか大溝藩士の中には、平八郎の門弟になる者も出てきて陽明学熱は大溝藩内に高まってきた。天保五年八月に書院を訪れた時は、大溝藩に乞われて「致良知」について藩士に講義もした。

だが、その四度の来訪を最後に、平八郎は近江の地に再び来ることはなかった。諸国に大飢饉が起こり、天保八年（一八三七）二月十九日、遂に平八郎は一揆に立ち上がったのである。そして、「洗心洞」の門弟や農民たち約三百名と共に豪商を襲撃し、敗れて子息格之助と自害し果てたのである。

この一揆のため、平八郎の檄に応じた志村周二は死に、平八郎から教えを受けた大溝藩士たちは、平八郎の書を焼き捨てたり、隠したりしての大騒ぎになった。そして、大溝藩士の陽明学熱も途絶えてしまったのである。

天保七年七月、八丈島も大飢饉に見舞われていた。天保三年にも飢饉があり、島では三百人余りの餓死者を、さらに天保五年には八百人を越える餓死者を出していた。それに続く三度目の大飢饉であった。

飢饉になると最も哀れなのは、田畑を持たない流人たちであった。普通の収穫の時でさえ、役人や大家の者を除き、一般の者は盆と正月の日ぐらいしか白米を食うことができず、甘諸や粟、野菜等を入れまぜた粥を食していた。流罪になった大名宇喜多秀家ですら、前田侯から隔年に七十俵の米と金品を送り届けられていたのに、死ぬ時に、「せめて米飯を食べて死にたい」と洩らしたという。

そのような状況だったから、流人の中から多くの餓死者が出たのは当然であり、山田栄蔵も栄養不良で天保三年に病死していた。

富蔵一家も餓死寸前に追い込まれていた。しかし、天保五年の飢饉で死をのがれることができたのは僥倖であった。

富蔵は、四十二歳から五十一歳にわたって書き続けた『八丈実記』の中の一部で、天保五年の飢饉について回想している。

「愚守真《もりざね》ハ、其ノ頃三根ノ救世堂ニアリシガ、二月十五日ニ、アシタバ（セリ科の多年草）バカリ一鍋食シテ甘味ナリ。

同六月ニアリシ、日々朝暮ハ芋ガラヲ潮汐《うしお》ニテあつものトシタルヲ食シ、中食ハ麦コガシヲ食セシガ、筋骨ユルミ、苦シキ故ニ、昼ヨリ休ミテ、僅カ十町ハナキ道ヲ、半日タドリカネテ、黄昏《たそがれ》ニ大賀郷外稲葉ニヨウヨウ至リヌ。謫居ナル加藤氏、其ノ疲労ヲ驚キ、夕食ハ只今食シテ残りナシ、幸イ時ナラヌ初物アリトテ、サツマ芋ヲ一鍋モテナシテ、翌日ハ三度ノ米飯ニ魚ヲ添エテ食セシム。不思議ニモ筋骨モ人ノ如ク、其ノ夜ハマタタクウチニ、三根村ノ宅ニ帰リヌ」

文中の加藤氏とは加藤稲五郎である。

富蔵一家は、天保六年に生まれた長男の守一（呼び名は弁太）を加えて四人の家族になっていた。

富蔵は、野山や海辺を駆けずり廻って、木の実やよもぎ、甘藷の葉などを採り、それを粉末にし餅にして食べた。

だが、逸の乳房からは乳が出ない。そのため、二歳の弁太は乳房をいじくり泣き叫ぶばかりであった。長女の操は悪臭をはなっている餅を見て暫く口にしようとはしない。が、ひもじさに耐えかね、涙ぐみながら餅を食べはじめた。

逸はその餅を噛みふくんでは、口移しで弁太に食べさせた。

飢渇の身で山野を駆けずり廻るのは辛く、限界があった。緑であるべき山野は赤茶け、桑や榛の枝などは葉をむしりとられ、雑草も枯れているのが多かった。頑健な富蔵も蒼ぶくれの顔をして遂に床に伏した。

だが、その富蔵一家をふたたび救ったのは加藤稲五郎と逸の親戚であった。

稲五郎も流人の身であり、もとより人に食を与える余裕はなかった。が、稲五郎の父が江戸より何がしかの食糧を送り、また稲五郎は八丈島で初めて為替手形の法を伝えたほどの商才を持っていたので、飢饉の時でも辛うじて生きていく食糧を確保していた。その食糧の一部を餓死寸前の富蔵に与えたのだ。

「稲五郎さん、すまん。わたしら家族の命の恩人じゃ」

富蔵は、稲五郎が持ってきてくれた五合の大麦を入れた木の容器を抱きしめ、涙を流して礼を言った。

「富蔵さん、今のこの時期を切り抜けたら生きられる。生き抜いて、お父上の墓を訪れる悲願を必ず達成するんじゃ」

面長の引き締った稲五郎の顔が、仏のように見えた。

富蔵も逸も、深々と頭を垂れた。

だが、稲五郎がくれた大麦を一粒一粒数えるようにして食したが、それもなくなった。

逸は、大賀郷村の実家および、実家とは同族関係にあった地役人沖山金右衛門の妻亀代の所へ行って、助けを求めた。亀代は、逸を幼時の頃から可愛いがっていた。幸いにして、丁度その頃に江戸からの船がきて地役人に食糧を補給していたので、亀代は大麦二盃、島桝五合を与えてくれた。また、実家も自分たちの食をさいて、島桝五合の大麦を与えてくれた。

これによって、富蔵一家は、辛うじて秋の収獲時まで命を保つことができた。

九死に一生を得た富蔵は、

「……稀有ノ命ヲ秋マデツナギシハ、今ココニ書スルサエ、胸セマリ、涙落ツ」

と、『八丈実記』に書いている。

富蔵は、一家が生きのびることができたのは、もとより自分の力ではない、心ある島人のお蔭であるし、また、仏と父重蔵の霊の加護によると感謝の気持を深めていた。そして、何時かはくるであろう赦免の日に、父重蔵の墓に詣出たい、そのことを終生の悲願にし、島を愛し、島のために尽くして生きて行こうと決意していた。

だが、富蔵は、赦免まで長い歳月を待たねばならなかった。

十四　赦　免

富蔵が赦免になったのは明治十三年（一八八〇）二月二十七日、富蔵七十六歳の時であった。重蔵が死んでから実に五十一年の歳月が流れていた。

その日、富蔵は八丈島役所へ呼び出され、赦免の通知を受け取った。

富蔵は家に帰り、仏前に正座した。

家には誰もいない。逸は五年前に他界し、長女の操は明治三年に江戸へ行き、加藤仁兵衛（旧名　稲五郎）の世話で百姓上りの片岡吉助と結婚していた。長男の弁太は富蔵が四十三歳の時に他界し、天保十一年（一八二八）に生まれた二女の千代野は三根村の百姓持丸利三郎と再婚していた。富蔵は千代野が初婚で生んだ孫の近蔵《ちかぞう》守正を養子にしていたが、近蔵は昨年江戸へ行き、操の家に同居して島会所に奉公していた。

富蔵は過ぎ去った長い歳月を思い起こし、胸を熱くした。二十二歳の時に鎗が崎で大罪を犯して以来、実に長い長い歳月であった。よくぞ生きてこられたと思う。

（……やっとお父上の終焉の地、近江に行くことができるのだ。お父上に会うことができるのだ……）

しかし、この日がくるまでに、富蔵は次々に赦免されて離島して行く流人仲間を見送ってきた。が、自分だけが取り残されてしまうのではないかという危惧と絶望感に屢々襲われてきた。

調査がずさんだったために無実の罪で島へ送り込まれていた加藤稲五郎は、三十三年前の弘化四年（一八四七）に赦免されて離島した。そして、名を仁兵衛と改め、江戸下谷山伏町で米穀商を営み、それが繁昌してかなり財をなしていた。しかし、仁兵衛は八丈島での苦しかった生活を忘れることができず、在島中に最も親しくしていた富蔵に、米三俵、豌豆一俵、醤油一樽、その他木綿・昆布・砂糖等の物資を送り、有縁無縁の流人の霊の供養を頼んだ。富蔵は仁兵衛の厚い志に感激し、安政四年（一八五四）八月三日から三日三晩にかけて、大賀郷村の釈迦堂で盛大に供養会を開いた。その供養会には在島の、流人の僧侶が全員集まっただけでなく、国学者の梅辻規清《のりきよ》をはじめ多数の流人が参加した。規清は勤皇開国を唱えた著名な国学者であったが、弘化四年十月に流罪になって来島していたのである。

「富蔵、盛大な供養会でよかったのう。これまでにない盛大な供養会だった。それにしても、稲五郎は立派なものじゃ」

供養会が無事に終わった時、そう言って、地役人の高橋鉄之助は仁兵衛を賞めちぎった。

「拙者は仁兵衛殿と入れ替りに島に来たので、その方のことは存ぜぬが、神の道に適う立派な御仁でござるな。富蔵殿、よき友を持たれた」

と、富蔵が協力の礼に行った時、梅辻規清も仁兵衛の義挙を賞めた。

規清は来島以来、中之郷村の御船預りの山下鎗十郎宅に寄寓し、島民の教育と著述に打ち込み、島民から尊敬されていた。そして富蔵も、鶴窓帰山、丹宗庄右衛門たちも、和歌や著述についての手ほどきを受けていた。

鶴窓帰山はもと百姓であったが、天保十年（一八三九）九月に、殺害された父親の仇討をしたために流罪になって島へきていた。しかし、なかなかの多芸多能振りを発揮し、筆算俳諧に長じ、戯作、浄瑠璃本なども書いていた。

また、丹宗庄右衛門は、もと回漕問屋で島津藩の御用を勤めていたが、唐船と密貿易を行なったために、嘉永六年（一八五三）に流島になってきていた。彼は和歌を学ぶとともに、米を使わないで甘藷から酒を作る方法を考え出し、島の名物とした。

こうした才能と個性を持つ流人たちが梅辻規清のもとに集まっていたが、規清は、特に富蔵の才能に注目していた。そして、富蔵が、「伊豆国附八丈島地図」や「伊豆国海島之図」『青が島大略記』などを書いたのを高く評価していたし、富蔵が現在、こつこつと、島の地誌・歴史書とも言うべき『八丈実記』を書いていることを励ましていた。

「富蔵殿、その後、『八丈実記』の執筆は進んでいますかな。供養会も盛大に終ったことだし、これからますます力を入れて書き進められるとよろしかろう。これは、あなたでなくてはできぬ仕事ですからな」

規清の額の大きい温和な顔は、富蔵に微笑んでいた。

しかし、その梅辻規清は、文久元年（一八六一）七月、病のために亡くなった。

規清の葬儀は、流人のみならず島人の多くに惜しまれて盛大に行われた。彼等は、規清の高潔な人格と学識を慕い、彼の心臓発作による突然の死を悼んだ。殊に富蔵は、規清から多く教えられ、詩作や『八丈実記』の執筆に打ち込むようになっていただけに、規清の死は悲しく寂しかった。

富蔵は葬儀の最中に、詩作会で規清が詠んだ歌を心に温めていた。

　私にとりつかれたるくるしみを
　　のがれんために申すおはらひ

海と山千里を越えて住む人も
　ものいひかはす文字のかけはし

富蔵はその歌から、規清が外面は穏やかで口にはしなかったけれども、どんなにか帰国を待ち望んでいたかと、その心中を推測した。そして、規清が赦免の日を待たずに逝ったことが無念でならなかった。

葬儀が終って帰りかけた時、富蔵は地役人の鉄之助に呼びとめられた。

「梅辻規清殿ほどの人物を流人のままに終らせたのは残念至極だが、富蔵、そなたは梅辻殿の意思を体し、『八丈実記』を完成するとよいぞ。及ばずながら、拙者もできるだけの力添えをしたいと思っている。しかし、梅辻殿の赦免は間近いと聞いていたのに、かえすがえすも残念じゃ」

鉄之助は、人の好さそうな丸顔を引き締めて嘆いた。

富蔵は、鉄之助の言葉に大きく頷いた。

それから一カ月後、鉄之助が言った通り、規清の赦免の知らせがあった。

（ときすでに晩《おそ》し、なんたることだ……）

富蔵は口惜しがった。そして規清の死に、わが身の運命を重ね合せて不安に襲われた。文政十年に流罪になって以来、早くも三十四年の歳月が流れ去り、年齢も五十七歳になっているのだ。父は五十九歳で亡くなったし、梅辻先生は六十四歳で急逝された。自分もいつまで生きられるかわからない、しかも、自分の赦免については、これまでにまったく音沙汰も、その気配もない。そう思うと、富蔵は、今更ながら自分の犯した罪の深さを思い、不安になるのであった。


こうして富蔵が、自分ではどうにもならない運命に耐えて『八丈実記』の執筆に打ち込んでいた間にも、時代は烈しく揺れ動いていた。

二百六十余年にわたって鎖国政策を堅守してきた幕府も、安政元年（一八五四）三月、ペリーの要求に屈して日米和親条約を締結し、下田・箱館の開港を認めざるをえなくなった。さらにイギリス・ロシアも開港を迫り、ロシアとの間に日露通好条約を結んだ。そして、下田・箱館のほかに長崎の三港を開港にするとともに、「今より後　日本国と魯西亜国との境　エトロフ嶋とウルップ嶋との間に在るへし」と国境を定め、樺太は両国の雑居地とした。その国境を定める場合、重蔵や高田屋嘉兵衛たちが択捉島で果たした実績が大きく物をいった。

しかし、諸外国との通商条約の締結をめぐって、国論は開港か攘夷かに二分した。そして、アメリカのハリスの要求を入れて日米修好通商条約を結び、尊王攘夷論者を弾圧した井伊直弼《なおすけ》は、万延元年（一八六〇）三月、江戸城桜田門外で水戸浪士らによって暗殺されてしまった。

そうした内地の動きを、富蔵は知る由もなかった。しかし、勤王の志士鹿島則文が、慶応二年（一八六六）五月に島へ流罪になってきたことが、内地の激動の一端を示すことになった。

鹿島則文は、鹿島大明神大宮司鹿島大隅守則孝の長子であり、文久二年に上洛し、各地の勤王の志士と連携して皇室の興盛をはかった功績で従五位に叙せられていた。しかしその翌年、故郷の鹿島で文武館を開き、勤王思想を鼓吹し、子弟に教えたために幕府に睨まれ、捕えられて八丈島送りとなったのである。

則文は島に送られてきた当初より、島人から一目置かれ、丁重に扱われた。

富蔵も則文が二十七歳の若さながら、物に動じない凛とした風格と高い学識・見識を持っていることに強く惹かれた。そして、三十五歳も下の則文を「鹿島先生」と呼んで敬意をはらった。

一方、則文も、富蔵が重蔵の子であることを知って驚き、意気投合した。則文は、重蔵の『辺要分解図考』や『外蕃通書』などをすでに読んでいたのである。

富蔵は、大賀郷村の則文の居宅を頻繁に訪ねたり、則文と一緒に詩会を開いたりするようになった。

詩会は則文を師匠格にして、地役人の高橋鉄之助をはじめとする島人や、流人の文化人鶴窓帰山、丹宗庄右衛門、松本椿山《ちんざん》など、多くの者が集まった。そして、「八丈八景」の選定などもした。決められた「八丈八景」は、大賀郷村前崎の晴嵐、同西山の暮雪、同大里の晩鐘、同大坂の夕照、三根村尾端の夜雨、同神港《かみなと》の帰帆、末吉名古《なご》の秋月、中之郷村藍《あい》が江の落雁《らくがん》であった。

こうして、則文と富蔵との親交は深まって行ったが、二年後の明治元年（一八六八）十二月に則文は赦免になり、翌年に離島することになった。赦免された者の中には、則文のほか、鶴窓帰山、丹宗庄右衛門たちも含まれていた。

しかし奇妙なことに、天保三年の飢饉で亡くなった山田栄蔵や島抜けで殺された豊菊のように、島ですでに亡くなった流人までが含まれていた。

だが、富蔵は赦免組に含まれていなかった。富蔵は則文らの赦免を心から喜びながらも、自分が取り残されていく寂しさと失望を強く感じざるをえなかった。年もすでに六十四歳になっていた。

「鹿島先生、このたびのご赦免、おめでとうございます。いよいよ先生のご活躍の時が参ったのですな。富蔵、心よりお喜び申し上げます」

富蔵は、則文の居宅を訪ね、内心の寂しさと不安を押し殺して祝意を表した。

則文は、顔をほころばせ、

「近藤さんとは良いご縁を結ばせていただき、感謝しております。八丈島のことを思い出す時には、必ず近藤さんのことを思い出すでしょう。しかし、近藤さんの赦免が洩れたのは何としても残念だな。気落ちせずに時機を待って下さい。ところで『八丈実記』は書き上げられましたかな」

則文の言葉には、富蔵へのいたわりの情がこもっていた。

「ええ、どうにか書き散らしましたが……」

「ほう……近藤さんの熱心さと才能には感服します。よろしければ、則文、眼を通させていただいた上、置き土産に序文でも書かせて貰おうかな」

富蔵の目は輝き、彫りの深い面長の顔が、子どものように赫らんだ。

「忝けない、願ってもないことです。鹿島先生、ぜひお願い申します。先生のご序文がいただけましたら、富蔵、この上ない喜びと光栄です」

則文は頷いて約束した。

富蔵は感謝の気持をこめ、記念のために則文に一句を贈った。

花咲くはきっと赦免の慈運かな

則文は、富蔵との約束を果すために『八丈実記』の草稿に目を通して感嘆した。膨大な草稿には、八丈島に関する地理、歴史、文化、伝承等が、実に詳細、正確に書かれてあったからである。

(さすがに正斎近藤重蔵の血を受けただけのことはある)

則文は心から思った。

その思いに駆り立てられて、則文は序文を書き始めた。

「人の世に処すや、文有《あっ》て而《しこう》して名朽ちず。而して、文は記事より難きは莫《な》く、地誌より難きは莫《な》し。地誌を作る、苟《いやしく》も博学にして広聞《こうぶん》、身険阻《けんそ》を渉《わた》り、而して疲労せず、歳月の久しきを経て、而して倦厭《けんえん》せざる者に非ずんば、焉《いずくん》ぞ能く其の梗概《こうがい》を尽さん耶《や》。余幼より地誌を好み、風土記と称する自《よ》り、今人《きんじん》の遊記に至るまで之れを読まざる無し。嘗《かつ》て正斎近藤先生の辺要分解図考を閲《けみ》し、案を拍《う》ちて曰く、憶《ああ》、欺《か》くの如き人にして、而して地誌は大成すると謂《い》う可《べ》しと。夫れ皇国南北の海上を距《へだ》つこと数十里、而して王化に服する者、蝦夷と八丈と有る而已《のみ》。……」

（原文は漢文。読み下し文は『八丈島流人銘々傳』による）

こう書いてから、則文は、重蔵父子を激賞し、終りの方で次のように結んだ。

「……嗚呼《ああ》、父子にして南北辺土の事実を著わす。偶然ならざる似たり。当今朝政漸く復古、他日若し国誌を此の著に徴《ちょう》する有らば、稗益《ひえき》すること、分界図考の下に在らざる有らん。翁、躯幹雄壮、曠懐偉度《こうかいいど》、険岸絶嶺を跋渉《ばっしょう》して窮せず。其の勝《すぐ》るるは一事も措《お》かず。差錯《ささく》有れば寝食を廃して校正す。故に草稿屢《しばしば》成《な》り、屢毀《こぼ》ちて、自から其の労を知らざる也。故に此の書にして世に伝うることを果さば、則ち翁の身孤島に窮居《きゅうきょ》すると雖も、名不朽に垂《た》るるは此の文也。然りと雖も、篤く学を好み、厚く道を信ずる者に非ざれば、成す可《べ》からざる也。因《よ》って其の感を巻端《かんたん》に書し、之が序と為すと云う」

誠に格調の高い、厚意に満ちた序である。

則文は、これを五月に書き上げて富蔵に渡した。

富蔵は、感激して押しいただいた。

だが、この『八丈実記』は、長らく顧みられることなく打ち捨てられることになる。しかも、則文らが六月に離島した後にも、毎年赦免が続いたにもかかわらず、役所の手違いで富蔵には赦免の通知が一向にこなかったのである。

笑うなよ遅速はあれど花の樹々

富蔵は一句を作って口ずさみ、自分を慰めるよりほかなかった。しかし、ひょっとすると生きている間に、赦免の日が来ないかもしれない。

富蔵の嘆きと焦燥に、逸は慰めようもなく胸を痛め続けた。逸は、夫が赦免になって内地に帰れば、水汲み女として島にとり残される運命にあることを知っており、一日でも長く夫が傍にいてくれることを内心ひそかに願ってはいたが、嘆き焦燥する富蔵の姿を見るにつけ、赦免の早きを妻として願わずにはおられなかった。

その逸も、明治八年（一八七五）一月九日、富蔵の赦免の日を知らずに亡くなっていた。だが、遅すぎたとはいえ、遂に赦免の日が来たのである。この日まで逸に生きていて欲しかった。

（……逸よ、遂に赦免の日がきた。一度はお前を近江の地へ連れて行きたかった……）

富蔵は仏前に正座し続けながら涙にむせんだ。流人の妻として不平のひとことも言わずに尽くしてくれた逸が早く逝ったことが悔しく、逸が哀れでもあった。

と、その時、

「お父《とう》さま、ご赦免になったのですね」

千代野が姿を見せ、顔をほころばせて言った。千代野は娘の利千《りち》を連れていた。千代野は母の逸に似て素朴で良く働いていた。

千代野は、逸を亡くして寂しさに沈む富蔵を慰さめるため、小屋を度々訪れていた。利千は七歳になっていた。

「おう、千代野、とうとう赦免になった」

「お母《かあ》さまが生きてらしたら、どんなにかお喜びになったでしょうに……」

富蔵は率直に頷いた。

千代野は涙ぐんだ。

「今年中に近江へ行きたい。利三郎が許してくれたら、お前も連れて行きたい。利三郎に相談しておいてくれ」

「お父さま、わたしもぜひ一緒に連れて行って下さい。うちの人に頼んでみます。操姉さんと近蔵にも会いたいし……」

千代野は眼を輝かした。

富蔵は利千を手許に引き寄せ、膝の上に抱いた。

長かった冬の日が去り、春の息吹きが、大地にも、富蔵の心にも、満ちていた。


だが、出島までに富蔵がどうしても仕上げねばならないことがあった。それは『八丈実記』の浄書であった。

鹿島則文が明治二年に「序」を書いて『八丈実記』を激賞してくれたにもかかわらず、この草稿は長らく打ち捨てられてきた。漸く日の目を見る機会が訪れたのは、明治九年になってからである。その年の十一月十六日、富蔵は島役所へ呼び出され、静岡県の官員岡田寛利から、『八丈実記』を持参して閲覧に供せよと命じられた。

その時、

「流人たりとも申し上げたきことあらば、遠慮なく上申せよ」

との言葉もかけられた。

富蔵は、納屋にうず高く積まれた草稿の埃を払い、岡田寛利のもとへ差し出した。寛利は草稿を預かって閲覧することになった。その一年半後の明治十一年、東京府から派遣されて来島した前田利光は、寛利が預かっていた『八丈実記』の草稿を富蔵に返却して草稿の清書を命じ、それに必要な紙筆も与えた。寛利も、利光も、『八丈実記』に感心し、それが島に関する貴重で稀有な資料と高く評価したのである。

しかし、そのようになったのには、高橋鉄之助の助力が大きかった。

鉄之助は、その後も富蔵が赦免されないことに心を痛め、官員に富蔵の赦免を願い出るとともに、『八丈実記』のことも言上していたのである。

赦免されず絶望していた富蔵にとって、『八丈実記』浄書の下知は、再び気力を奮い起こす大きな力となった。希望も生じてきた。富蔵は嬉しさと感激から、一文を記録簿にしたためた。

「御一新明治十年、八丈島え渡海ある東京府警視本署の官員あらせらるる事務所へ召さるるにより、何故にやと至る処《ところ》に、豈《あに》はからんや、八丈島戸長高橋為穀《ためよし》の吹挙にて、八丈実記を御一覧に持参せよとあるにより、即刻差出す処に、官員方より清書して献ぜよとの仰にて紙筆を賜りぬ。時なる哉《かな》、ときなるかな。安政二年より星霜二十四年、むなしく捨てものうかりしが、残念の迷雲は文明のひかりに晴て、開化の嬉しさ。流囚の憚《はばか》るべき身をも忘れて、七十有余歳老もふとはいいながら、恐れもかへり見ず筆採りて、附するに明治の八丈神社あらため、島中学校の噂まで識記して、謹んで上申」

また、一首を詠んで鉄之助に贈った。

捨てられし海原遠く八丈なる
草も花咲く御代ぞたのもし

それ以来、富蔵は家にこもり、懸命に浄書に励んできたのである。しかし六十九巻にも及ぶ膨大な記録であり、浄書は多大の労力と日時を要する仕事であった。

しかし、赦免の日から三カ月後、遂に浄書が完成した。

浄書された『八丈実記』は上納され、東京府は富蔵に金二十七円の報奨金を与えた。

富蔵は喜びに溢れ、再びその感激を書き綴った。

「書筆して守真より献納、報償二十七円を賜りぬ。此の事、東京新聞に出でたりと云う。まことに流囚人の身にして、書籍上進仰せ付けられるさえ身の面目なるに、褒美を受くる嬉しさは、ことばに述べ難し。……」

明治十三年の夏が過ぎ、秋風が身に感じられる季節となった。

富蔵は出島の準備を急いだ。持丸利三郎の了承を得て、千代野と利千を連れて行くことになった。離島の日は十月二十日と決定した。この年最後の東京への船便である。

その日、富蔵と千代野、利千は、利三郎をはじめ多くの村人や知友に見送られて、長戸路一号に乗船した。高橋鉄之助もきてくれていた。

「よかったなあ、近藤爺。しかし、そなたがいなくなると寂しくなるのう」

鉄之助の頭髪には、白髪が目立ってきていた。

「高橋様には本当にお世話になりました。富蔵、ご恩は一生忘れませぬ」

「いや、近藤爺こそ島のためによくやってくれて感謝している。達者でな」

鉄之助と富蔵は、固く手を握りしめた。

「さようなら、さようなら」

「縁あらばまた帰ってこいよう」

船が動き出した時、人々は口々に言った。

富蔵も、千代野も、涙を流していた。待ちに待った内地を訪れる喜びと期待は大きかったが、流島以来五十三年間、良きにつけ悪しきにつけ、自分を支え、生かしてくれた島を去るのは富蔵には辛く、寂しかった。再び島に帰ってくるかどうかは自分でも決めかねていた。利三郎と別れて一緒にきた千代野と利千は、いずれは島へ送り返すにしても、自分がどうするかは近江の国を訪ねてから判断したいと考えていた。富蔵は地味な着物をまとっていた。

船は帆を張って島を遠ざかって行く。海は秋の陽を受けてキラキラと光り、船上から見る八丈富士は、カラリと晴れた秋空の中に美しく聳えていた。

しかし穏やかに凪いでいた海は、黒瀬川にさしかかると俄然荒れ出し、空には黒い雲がたちこめ、やがて烈しい暴風が襲ってきた。黒瀬川の潮流の恐ろしさを、富蔵は五十三年前に知らされていたが、今度はそれ以上の烈しさである。船は翻弄され、無気味な音をたててきしみはじめた。

千代野と利千は、抱き合って船床にしがみついている。富蔵は、普門品《ふもんぼん》を一心に読経して安泰を祈った。他の三十余名の船客たちも蒼くなり、吐いたり、柱にしがみついたりしていた。

「こわい。おじい様、助けて」

利千の泣き声はかすれていた。

富蔵は利千の手をとって抱き寄せ、帯で自分の体に利千をくくりつけた。

その時、帆柱がぎいっ、ぎいっ、ぎいっと音をたて、どっと崩れた。

「あっ、帆柱がやられた……」

富蔵も、船客も血の気を失った。今は神仏の加護に身をお任せするほかはない……富蔵は、ふるえている利千を抱きしめてから目を閉じ、再び読経を続けた。

三日二晩、船は風浪に翻弄され続けた。

富蔵は、一心不乱に読経を続けるばかりであった。しかし、

「おう、陸だ。陸が見えたぞ」

その叫び声に、富蔵は目をあけて前方を見つめた。

「勢州《せいしゅう》の神之前浦に着いたぞ」

船頭が、船客を勇気づけるように大声を張り上げた。

一同はホッと安堵の色を浮かべた。九死に一生を得たのである。

その夜、富蔵と千代野は、勢州（伊勢）の宿屋で一泊し、翌日、船で東京の築地に向かった。そして、翌二十七日無事に港に到着した。

築地港では、操と近蔵が心配して船の到着を待っていた。操はすでに五十二歳になり、小肥りな身体のすみずみに生活の苦労を滲み出していた。操は、富蔵と千代野、利千の姿を目にして駆け寄ってきた。

「操も近蔵も達者で何よりだった」

富蔵は顔をほころばせた。

「お父さま、ご無事によくきて下さいました。千代も利千ちゃんもようきてくれた。船は大変だったでしょう」

利千は泣き出しそうになっていた。

「船はこわい……もう、二度と嫌」

利千は操と千代野の顔を交互に見て、訴えるように言った。

近蔵は、島会所に勤めているだけに落ち着いてきていたが、生母の千代野と妹の利千を迎えて興奮していた。

「近蔵はしっかりしてきた。嬉しいのう」

富蔵は、近蔵の手を強く握りしめた。


操の家は京橋区の船松町の長屋にあったが、借家で二部屋あるだけであった。操の夫片岡吉助は、人夫仕事で生計を立てていて経済的余裕はなく、富蔵たち三人を養うことは苦しかった。操は夫に遠慮する気配を見せていた。

富蔵は旅の疲れを癒すとともに、東京の街を見物して日を過ごした。東京は昔の江戸とは一変し、新しい息吹を見せていた。キリスト教会や近代的な建物が建てられたり、乗り合い馬車が走ったりしていたし、商業も活発に行われていて富蔵を驚かし、戸惑わせた。

富蔵は、離島以来会っていない加藤仁兵衛を訪ねた。仁兵衛は下谷《したや》山伏《やまぶし》町に住み、息子に米穀商の跡を譲って隠居していた。

「富蔵さん、ご無事で、よう訪ねてくださった」

仁兵衛は、抱きつかんばかりにして富蔵を迎えた。仁兵衛の頭髪は白く、腰は前かがみになり、年齢からくる衰えは隠せなかった。

「島では命を救っていただいた上、数々の食糧を送ってくださり、操がお世話になったりして、仁兵衛さんのご厚意には何とお礼申し上げてよいかわかりません」

富蔵は深く頭を下げた。

「なんの、なんの。水くさいことは言わんで下さい。しかし、こうして生きてお会いできてよかったですな。ところで、八丈島も維新以来、随分変わったでしょうな」

女中がお茶と菓子を持ってきた。

富蔵は、仁兵衛が島を去って以来起こった主な出来事――梅辻規清の死、鹿島則文や八丈八景のこと、詩会や小学校設立、逸の死、『八丈実記』のことなど――を語った。

話は尽きなかった。

富蔵は勧められるままに、三日間、仁兵衛宅に泊まった。仁兵衛は酒肴を出してもてなした。

「いよいよ、これから近江の地へ行かれるのですな。遂に悲願成就の時がきたのですな。道中気をつけて行って下さい」

別れる時、仁兵衛は励ました。

仁兵衛の励ましに、富蔵は大きく頷き、

「許可がおり次第、出かけるつもりでおります」

富蔵としては、一刻も早く、近江と弟の熊蔵がいる筈の大坂の地へ行きたかった。そのために、八丈島より出てきたことを警視局裁判所に届け出るとともに、近江と大坂へ行く許可願いを差し出していた。

幸いにして、仁兵衛宅を辞してから二日後に許可書が操宅に送られてきた。許可書には、もはや罪人でなくなったのだから自由に行ってよいと記されていた。

だが、それから数日後に困ったことが起こった。

『八丈実記』を書いて贈られた報償金や餞別のあり金を、利千を連れて夜店に行ったときにすられてしまったのである。人群れの中を物めずらし気に歩いていたのが悪かった。中年の身の軽そうな男が富蔵の体に触れ、懐から盗みとったのを富蔵は見過ごしていた。そして、利千のために玩具を買おうとして初めて気付いたのである。

富蔵は蒼くなった。近江の地へ行く路銀がなくなり、富蔵は途方にくれるとともに、生き馬の目を抜くような東京の恐ろしさを痛切に感じた。

だが、その時に、またも救いの手をさしのべてくれたのが仁兵衛であった。

仁兵衛は、富蔵に路銀の一部を与えるとともに、仁兵衛の縁者に当る新材木汽船取扱所経営の青木斉吉に頼み、東京から四日市まで船便で富蔵を送る手配をしてくれた。

富蔵は、たび重なる仁兵衛の厚意に感涙した。

「仁兵衛さん何とお礼を申してよいのか……富蔵、ただひれ伏すのみです」

富蔵は仁兵衛に深く頭を下げ、じっとしていた。

「いや、お互いさんや。富蔵さん、頭を上げてください。これも島でのご縁であり、仏に帰依する者同士として当り前のことや。水くさい、頭をあげなされ」

仁兵衛の丸顔は、品の良い穏やかな微笑を湛えていた。

いよいよ近江の地に向かう二日前、富蔵は仁兵衛宅に泊めて貰い、十二月九日、青木斉吉の三邦《みくに》丸に乗船し、東京から四日市に向かった。足手まといになるので、千代野と利千は操宅に預けておいた。富蔵の留守中、千代野は女中として働きに出ることになった。

船は三日後に四日市に到着し、富蔵は四日市から徒歩で鈴鹿峠を越え、一路近江に向かって行った。七十六歳の老齢の身には、師走の風は冷たく、粗末な着衣は埃でよごれていた。そのため、一夜の宿を乞う富蔵の姿に、うさんくさそうにして断わる家もあった。が、富蔵は、気力を奮い立たせながら、巡礼僧のように歩を進めて行った。

十五日に近江の草津に達し、そこから大津をへて湖西の坂本へ、翌十六日に坂本から大溝の隣村の南小松村へと歩を進めた。しかし、路銀は残り少なくなっていた。大溝の地まであと二里ばかりあったが、日はすでに暮れ、比良山から吹きおろしてくる風は、身を射すほどに冷たく、とても野宿などできなかった。かといって、今から大溝まで歩いて行く気力と体力はなかった。

富蔵は、思いあぐんで戸長の家を訪ねた。

六十歳位の人のよさそうな戸長は、富蔵が八丈島からやって来て難渋しきっているのを知ると、

「それは気の毒なことじゃ。よし、わしが宿をお世話しよう。ここから三町ほど北に旅籠《はたご》があるので、そこで泊まられるとよい。わしについてきなされ」

と言ってくれた。

戸長に案内されて行った家は、入口に「高橋屋」と古びた細長い看板を掲げた、平屋建の旅籠であった。

「宿賃はわしが後で清算するで、この御仁をできるだけ安く泊めてあげてくれ。八丈島という南の涯の島から、大溝にある父の墓を訪ねてきなさったそうじゃ。これもなにかの功徳やで、重次郎さん、頼むよ」

と戸長は、旅籠の主人高橋重次郎に頼みこんでくれた。

富蔵は、帰って行く戸長の後ろ姿に、手を合わせて合掌した。

「さあ、どうぞ、遠慮なく上がって下さい。それにしても、よう八丈島から来られたものですな、あとでゆっくり、島のお話を伺いましょう」

重次郎は、気前よく富蔵に言った。

身重の妻が、茶を入れて持ってきた。

「いつご出産のご予定で?……」

富蔵は尋ねた。

「来春三月の予定です」

妻は、素朴そうな丸顔に笑みを湛えた。

富蔵は、持ってきた荷物袋の中に子安貝があるのを思い出し、それをとり出した。

それは卵形をした、黒褐色の見事な子安貝であった。

妻は目を輝かした。

「泊めていただくお礼に、これを差し上げましょう。これは安産のお守りになりますよ」

「まあ、嬉しい。ありがとうございます」

富蔵は紙と筆を求め、ちょっと考えてから書きしるした。

安産の万福のしるし子安貝
ことに女護《にょご》の島の産物

「ほう、お見事なご筆蹟だ」

と、重次郎は感心して言った。

すっかり打ちとけた彼等は、夜晩くまで八丈島のことを中心にして話し合っていた。

翌朝、富蔵は、高橋夫妻に見送られ、胸を弾ませて大溝の地に向かった。

冬の陽が弱々しく琵琶湖水に注ぎ、東方に見える湖水は、薄青色になって凪《な》いでいた。

富蔵は、重蔵が大溝の地へ護送されてきた時、駕籠を止めて湖水を見つめたとほぼ同じ地点に偶然立ち止まり、湖水を暫く見つめた。その時、富蔵の脳裡に、洋々と明るく澄んだ八丈の海が対照的に浮かんでいた。

十五　悲願成就

円光禅寺に隣接した瑞雪院《ずいせつ》の小ぢんまりした庭には、雪が一面に絨毯《じゅうたん》を敷きつめたように積もっていた。

富蔵と円光禅寺の峨山和尚は、その庭の片側を通り抜けてから、滑りこけないように一歩一歩注意しながら、三十段ばかりの石段を踏みしめて登って行った。前方には、雪化粧をした比良連峰の山並みが迫り、石段に沿って北側は雑木林、南側は狭い平原となっている風景を、富蔵は時々締まった顔で見つめた。

「富蔵殿、これが御尊父のお墓です」

石段を登りきった所の丘上に来た時、峨山和尚は指さし示した。

富蔵は、しばし突立って墓石を凝視していたが、やがて墓石の前に両膝をつき、深々と頭を下げて合掌した。富蔵の閉じられた眼から涙が滲み出、頬に伝わっていた。

重蔵の死後三十一年、万延元年（一八六〇）に徳川家斉の十三回忌の法要が営まれた時に重蔵の罪が赦免され、それを契機に重蔵の墓石と位牌が大溝藩によって新しく作られていた。二尺九寸の墓石の表には、「近藤守重之墓」、裏には「自休院俊峯玄逸禅定門」と、前円光寺住職の宝州和尚によってつけられた法名が刻まれ、死んだ日付は「文政十二己丑年六月十有六日」となっていた。そして墓石の表は、琵琶湖の方に向き変えられていた。また、位牌は瑞雪院に安置されていた。

峨山和尚は経文を唱えていた。

(お父上、不孝の数々、お許し下さい。不肖の富蔵、罪を許され、参りましてございます。富蔵、八丈島にて常にお父上のことを思い、詫びない日はありませんでした。雑役で露命をしのぎ、仏像を彫り、絵を描き、また『八丈実記』などをしたためて参りましたが、一日とてお父上のお姿を浮かべぬ日はございませんでした)

冷えきった土の冷たさが足の感覚を麻痺させていた。しかし、富蔵はいつまでも墓石の前から動こうとはしなかった。

あたりはしんと静まり、花のように雪を帯びた木々から、時折、粉雪がサラサラと微音をたてて舞い落ちていた。

「富蔵殿、そろそろ戻りましょうか」

峨山和尚の声に、富蔵はようやく立ち上がった。

しかし、富蔵は、立ち上がった後も、眼下に広がっている雪に被われた大溝の町と、その向こうの寒々と鉛色をした湖水を見つめた。

よくぞ生きて墓参できたと思う。それも加藤仁兵衛のように、温かく援助してくれた人たちがおり、また父の霊が見守ってくれたお陰だと、富蔵は思う。

富蔵の頬はしめり続けていた。

その夜、富蔵は円光禅寺に泊まった。そして峨山和尚から、重蔵が大溝藩士から敬愛されていたことを聞いた。峨山和尚は、宝州和尚から聞いたことを伝言したのである。富蔵は、横田秋蔵らのことも聞き、ぜひ秋蔵に会いたいと言った。

翌朝早く、円光禅寺の使者が秋蔵の家を訪れた。

程なくして、秋蔵が子息の耕次郎と共に円光禅寺へやってきた。秋蔵は、富蔵より一つ下の七十五歳になっており、髪は白く、中肉中背の品のある体躯は、心もち前かがみになっている。

出迎えた富蔵に秋蔵は静かに一礼し、二人はいたわるように見つめ合った。

「父が生前、ことのほかお世話になったそうで有難く存じます」

富蔵は深々と頭を下げた。

「私の方こそ、御尊父から種々の御教導を賜わり、深い謝念を抱いております」

秋蔵の脳裡に、七年前に別府甚内が死ぬ前に言った言葉が甦ってきた。

「横田氏、私は遂に近藤さんとの約束を果せずに逝くようだ。近藤さんの罪は許された上、北方探検の先駆者としての功績が注目されようとしている。富蔵殿は、赦免を受けられたら必ずこの地にこられよう。その時には、私のことも伝えていただきたい」

秋蔵は、そう言った甚内の熱い胸のうちを思い浮べながら、重蔵の大溝の地における三ヵ年近くの生活を語った。

富蔵は食いいるように聞いていたが、聞き終ると、深い感謝の気持を浮べて言った。

「不肖の私がこう申すのはおこがましいのですが、父が三ヵ年、藩士の方々の善意を受け、安らかに過ごしてくれたことを知り、安堵いたしました。ただいま承りました別所甚内殿のことも終生忘れはいたしません。本当に何とお礼を申上げてよいか……」

秋蔵は、全身に苦労の年輪を刻んでいる大柄な富蔵の姿を見つめながら、それと抱き合わせるように、悲傷と威厳が滲み出ていた重蔵の大柄な姿を思い浮かべた。

重蔵没後、国内の情勢は大きく変った。嘉永六年（一八五三）にペリーが通商を求めて来航して以来、日米和親条約、安政の大獄、大政奉還等々の大事件がつづき、徳川の世から明治新政府へと転換した。しかし、その大激動の中でも、二万石の大溝藩は政争に巻き込まれず、平穏であった。藩主は光寧から光貞、光謙へと変り、明治二年に最後の藩主である光謙が大溝藩知事に任ぜられ、藩士たちは新しい職を求めていった。藩士の中には没落して行く者も少なくなかった。が、別府甚内のように小学校の教員になる者や官庁に勤めた者もあった。秋蔵は、幕末に大溝藩の軍事係と藩士の学校である脩身堂の教官を勤め、廃藩後、県庁に出仕して藩史の編輯に当ってきた。

そうしたことを思い返したとき、秋蔵は重蔵から教えられることが多かったことを思うとともに、重蔵の血を受けた富蔵が、独学で島の文献を読みこなす知識人となり、『八丈実記』を書き、彫刻や絵画等にも秀れていることに敬愛と親しみの念を深く感じるのであった。

富蔵と秋蔵との間に温かく血のかようものが時とともに深まり、話は尽きなかった。

（この大溝の地に預けられ、人の真情に接したという意味で、父は生涯のうちで一番安らかであったかもしれない……人間の幸せは、財力や権力などで買えるものではないのだ……）

そんな思いが富蔵の胸中に強く湧いていた。

「これから、どうなされるご予定ですか」

秋蔵は富蔵を包むような口調で聞いた。

「よろしければ、拙宅でお泊りなされてはいかがですか」

「ご好意は身に泌みます。しかし、四、五日、この円光禅寺と瑞雪院に泊めていただき、浄土三部経を奉読して心ゆくまで父の弔いをさせていただく所存でおります。父の菩提を弔い、不孝を詫びた後は、先ず大坂へ行って弟に会い、それから西国巡礼の旅に出たいと考えております」

「よろしければ、いつなりと拙宅へもお越し下さい」

終始黙して聞いていた耕次郎が、口を添えた。

「じゃあ、これから御尊父のお墓にお詣りさせていただこうかな」

話が途切れたところで、秋蔵は言った。

耕次郎は、秋蔵の若い日の面影に似て整った面長の顔を頷かせた。

冬の陽は、すでに中空に進み、淡い陽光を前庭に注いでいる。

墓所参詣後、三人は重蔵が愛した丘から眼下に繰り広がる風景を見つめた。

雪に被れた比良連峰は清浄な感じを呈し、湖水は絵に描いたように静かに薄墨色の水を湛えている。

（八丈島と大溝の地は、悲傷のなかにある親子を温かく生かしてくれた土地なのだ……遠く離れていても、八丈島と大溝は呼び合い、結ばれていくのだ……)

富蔵がその思いで景色を見つめていた時、秋蔵は、

「ここに葬りたかったのう、横田氏」

と言った甚内の恰幅のある姿と、『江州本草』の著述に打込んでいた重蔵の姿を交互に思い浮かべていた。

富蔵は五日間円光禅寺と瑞雪院に泊めてもらい、父の位牌に浄土三部経を奉読するとともに、円光禅寺の阿弥陀如来の木像を修復した。

峨山和尚は、富蔵の彫刻と絵筆の腕の確かさ、信ずる心の深さに驚喜し、もっと長く逗留するように勧めた。

が、富蔵は、悲願であった父の霊の弔いを済ましたからには、一刻も早く大坂にいる筈の熊蔵を訪れたかった。そこで、富蔵は再度大溝の地に来ることを約束し、峨山和尚に別れを告げ、二十二日に大坂へ向かった。和尚は、富蔵に墨染の僧衣を贈った。

富蔵は、熊蔵からもらった一通の手紙を大切に持っていた。それは、明治の世になってから間もなく熊蔵が書き送ってくれたもので、住所は江戸堀上通りの浄光寺になっていた。

熊蔵は、浄光寺に妻とともに寄宿し、明治新政府の府庁に出仕しているとのことであった。

鎗が崎事件で近藤家が断絶した時、異母弟の吉蔵は五歳、熊蔵は僅かに三歳であった。しかし、熊蔵は今五十六歳になっているのだ。

（熊蔵は元気でいるだろうか。生き別れてから五十三年もたっているのだから、兄弟の縁を取り戻せるだろうか……）

富蔵は、三浦方に預けられた弟たちの苦労を、いろいろと想像した。

吉蔵は出家し、亮誼《りょうぎ》と改名して東京の三田小山不動院の住職の跡を継いでいた。熊蔵は幕府の時代には代官所の書記を勤めていた。

富蔵は大津から淀船に乗り、瀬田川、宇治川を下って行った。船中で一泊して翌朝、船は大坂八軒家の船宿に着いた。

江戸堀上通りの浄光寺の門前に立った時、富蔵は年甲斐もなく緊張し、胸の動気を高めていた。

富蔵は僧衣を整え、

「ご免下さい、お頼み申す」

と声をかけた。

「いらっしゃいませ」

迎えてくれたのは、上品で穏やかな感じの住職の妻であった。

富蔵は丁寧に来意を告げた。が、住職の妻の言葉が富蔵を烈しく打ちのめした。

「重三郎様こと熊蔵さまは、二年前からひどい中風にお罹りになり、お勤めをおやめになって、妻おとく様の実家のある福島県岩瀬の方へ昨年お移りになったのです。この近くにご長男の昂蔵《こうぞう》様がお住いですが、息子夫婦に迷惑はかけられぬとお移りになったのです」

住職の妻は、いたわりの眼で富蔵を見た。

富蔵の顔は蒼ざめ、口元は動いたがすぐに言葉にならなかった。

「……そうでしたか。熊蔵は福島の方へ身を寄せましたか……」

富蔵はうめくように言った。

父を襲ったと同じ病魔に弟は倒れたのだと思うと、富蔵は悲しく悔しかった。

「まあ、お上りになって下さい」

住職の妻は、富蔵にお茶を出し、慰めようと気遣った。

浄光寺を出た後、富蔵は昂蔵宅を訪れようか否か迷っていた。昂蔵は甥に当るとはいっても、一度も会ったことはないし、のこのこと会いに行けば迷惑がられるに決まっていると富蔵には思えた。

（……このまま引き返して大溝の地へ行き、それから西国巡礼の旅に行くのがよいのではなかろうか）

仁兵衛がくれた路銀はもう僅かしか残っていなかった。身体も老いには勝てず疲れていた。東京で持参金をすり盗られたことといい、熊蔵の病気による移転といい、また操夫婦の余裕のない生活といい、夢にまで見た本島の生活が決して自分を安住させてくれるものでないことを富蔵は肌身にしみて感じた。すると反射的に、厳しい生活条件ながら陽光の輝く暖かい八丈島の情景と人情味が甦り、友人知己の顔が浮んできた。

（……西国巡礼を終えたら八丈島へ帰るのが良いのではないか。根無し草のように内地で生活するよりは、島で生涯を終えるのが自分にふさわしいのではなかろうか……）

富蔵の足は、逡巡しながらも京町堀上通りにある昴蔵の寄宿先に向かっていた。身体を休めたい欲求と、血縁というだけで湧き起こる得体の知れない情が、昴蔵の家へと引張っていたのである。富蔵は勇を鼓して、昴蔵が寄宿している坂井重義方の門構えの家へ入って行った。

昂蔵の妻照子が、いそいそと食膳を運んできた。膳には銚子も用意されていた。

「昂蔵さん、ほんとにすまない。ご迷惑をかけるなあ」

富蔵は手を合せて合掌した。

「伯父上、ご迷惑をかけるなどと水くさいことは言わないで下さい。よろしければ、ここでゆっくり休養して下さい」

昂蔵は、面長の知性を感じさせる顔をほころばせて言った。

「そうですよ、伯父さま。ご遠慮なさらず、ゆっくりご滞在して下さっていいのですよ」

富蔵の盃に酒をついで、照子は微笑んで言った。

富蔵の胸はじーんと熱くなった。このように温かく迎えられようとは思いもしなかっただけに、富蔵は嬉しく、感謝せずにはおられなかった。

昂蔵も照子も、他人同様の初めて会った伯父ではあったが、二人は重蔵と富蔵のことを父の熊蔵から時折聞かされていた。そして、伯父が鎗が崎で大罪を犯したとはいえ、やむにやまれない事情から犯した罪であると同情の念を抱いていた。それに、父熊蔵をわざわざ訪ねてきて失望に終った伯父が哀れでもあり、父の代りに面倒をみてもよいという気持になっていた。

「昴蔵さんは裁判所の判事補だから、将来が楽しみだ。近藤家を興してくれるのは昴蔵さん、あなただな」

「いや、わたしは役人の下っ端ですよ」

昴蔵は謙遜した。

が、富蔵は、昴蔵が祖父の血を引いた秀才であり、十九歳で学校の教師も勤め、今は将来を期待される判事補であることがたのもしく、嬉しくもあった。

「いつまでも、ここでゆっくりしてもらってよろしいのですが、今後はどのようなご予定ですか」

「もう一度、近江大溝の地へ行った後、西国巡礼をしたい。それが終れば、八丈島へ帰りたい」

「ふたたび八丈島へ帰られるのですか」

「そのつもりです。妻の逸も地下に眠っており、わしも島で眠るのが一番自然だという気持になっているのです。それにしても、人間の心はさまざまであり、昴蔵さんや加藤仁兵衛さんのように温かい人もあれば、他人の懐中をねらう者などもいる」

こう言って、富蔵は東京で路銀をすられてしまったことを話した。

「ひどいことをする奴がいるものだ」

昂蔵は腹を立てた。

昂蔵は富蔵のために三部屋のうち六畳の一室を提供した。

富蔵は、昂蔵夫婦に負担をかけることに気のひけめを感じたが、勧められるままに滞在を続けた。その間、富蔵は、昂蔵一家のために襖や彫刻物を作ったり、大坂の街中や神社仏閣を見て廻ったりした。

天満の街にも行ってみた。若い日にそえに熱をあげ、父の怒りを買った時のことが昨日のことのように思い出された。そえの家にかかっていた「大福屋」の看板は取りはずされ、改造されて、他人が住宅として使っていた。

（今、そえは、どこで、どうして暮らしているだろうか……）

富蔵は、そえのことを今もなお懐かしく気にかけている自分の心の動きに苦笑しながら、しばらくの間、門前につっ立っていた。

年が明け、明治十四年を迎えた。昂蔵宅に身を寄せてから早くも十日になるのである。

本土で初めて迎える正月は、富蔵には新鮮で華やかなものに思われた。それぞれの家が門松と日の丸の国旗を立て、親戚・知人が年賀の挨拶に往来する様子に、富蔵は目を見張った。昂蔵宅への来客も多かった。

その来客の中に、照子の父の辻直弘もいた。直弘は高知県出身の士族で、歌人でもあった。富蔵と直弘は、互いに歌を作る関係から意気投合した。

「どうです、新春の記念に一句を作られたらどうですかな」

二人が楽し気に雑談するのを見て、昂蔵が声をかけた。

「では、近藤さん、一首作りましょうか」

直弘は、面長のひき締まった顔に笑みを浮かべて言った。

照子が筆と紙を持ってきた。

「辻さん、まずお作り下さい」

富蔵は微笑んで言った。

直弘はしばらく考えた後、筆をとった。

門ごとに立てる御旗の朝日かげ
豊かさかおる春のゆたけさ

富蔵は「ほう……」と言ってから、自分もしたためた。

初旭さす竹に千歳《ちとせ》の色見えて
　いとも静けき大君の春

「ほう……」

と、直弘は感心した。

二人は顔を見合わせて笑った。

それ以来、富蔵と直弘は行き来して、親交するようになった。

富蔵は居心地がよく、引きとめられるままに昂蔵宅で日を送った。

だが、そう何時までも長逗留しているわけにはいかなかった。東京の操宅に預けっぱなしにしている千代野と利千のことも気になっていた。千代野からは、身体の不調と生活の困窮を訴え、早く帰ってきて欲しいと懇願する手紙が昂蔵宅にきていた。

二月八日、富蔵は、昂蔵と照子に深く礼を言い、再び大溝の地に向かった。千代野と利千のことを思えばすぐ東京へ戻るべきだが、大溝の地と西国巡礼への思いは断ちきれなかった。

昂蔵は、余裕のない中から富蔵に何がしかの路銀を与えた。

富蔵は、大坂へ来た時と同じく淀船に乗って伏見に出、今度は、近江の大津で湖船に乗って大溝へ向かった。

湖水は穏やかで船は順調に進み、翌二月九日、大溝港に到着した。

峨山和尚は富蔵の再訪を待っていた。

「よう来てくださった」

和尚は笑みを湛えて言った。

「またお世話になります。わたしには大溝の地が離れ難いのです」

「ゆっくりと、心ゆくまで滞在されるとよろしかろう」

富蔵は、熊蔵が父と同じ病に倒れ、福島に行ったことを話した。

「それはお気の毒なことじゃ。しかし、良い甥御をお持ちになってよかった」

翌日から、富蔵は、藩主だった分部家の位牌を修理したり、円光禅寺の本体三尊の仏像に光背をとる仕事をしたり、父の霊を弔うためにお経を唱えたりして過ごした。また、大溝の地にある寺や横田秋蔵の家を訪れたりして、土地の者との親交も深めた。秋蔵には自作の「伊豆国海島図」を贈った。

春が訪れ始めていた。比良連峰の雪もとけだし、湖水が淡い白銀色に光って見える日が多くなった。富蔵にとっては穏やかな心満ちた日々であった。

滞在が一カ月ばかりになった頃、峨山和尚が、

「どうです、富蔵殿。せっかく西近江の地に参られて馴染んでこられたのだから、湖西一帯を見て廻られたらいかがかな」

と勧めた。

富蔵もその希望を抱いていた。富蔵は峨山和尚に勧められるままに、三里ばかり北にある蘭生《ゆう》村の西江《せいごう》寺に行って滞在することになった。西江寺には、峨山和尚と極めて親しい休庵大徳和尚がいた。

休庵大徳和尚は、峨山和尚の親書を見て快く迎えてくれた。

富蔵は、山と田圃に囲まれた辺鄙な街道筋の土地が気にいった。南の涯の八丈島の雄大な風景とは異なり、蘭生村は松や桜などの樹々の多い、小さく辺鄙な山村であったが、素朴な人情が生きていた。そして、この村での滞在は、富蔵の心を休めるものがあった。富蔵は西江寺を根城にしながら、西近江の村々と寺院を訪れて行った。勧められるままに他

家で泊まることもあった。

富蔵は、休庵大徳和尚の求めに応じて、中国の禅僧布袋《ほてい》和尚の像と大黒像を彫刻して贈った。

高さ一尺大の布袋像は、七福神の相にふさわしく、肥満した金色の腹を突き出し、布の袋を背にした恰好で、笑って座っていた。もう一つの大黒像は、木の屋形の中に福々しい相で立っていた。

富蔵は布袋像の裏に、

「明治十四年林鐘之日応需休庵大徳
近藤正斎守重男守真七七刻」

と署名し、大黒像を入れた屋形の裏には、

「明治十四年　かのと巳の年
細工人　八丈が島居住　近藤守真」

と刻んだ。

休庵大徳和尚は喜び、富蔵の労に報いるために村人を集め、三十三カ所の建立開帳を西江寺で行ない、富蔵に西国三十三カ所巡拝証印記を与えた。富蔵の心は躍った。

百余日滞在後、富蔵は、大徳和尚に厚く礼を述べ、いよいよ西国巡礼の旅に出る決意を固めた。

(西国巡礼が無事に終れば、もう思い残すことはない。生き馬の目を抜くような東京に住むよりは、千代野と利千を連れて八丈島へ帰ろう。そして念仏一途に島で過ごそう……)

富蔵は西江寺に別れを告げ、再び円光禅寺に戻った。

富蔵は墓前にぬかずいた。

(お父上、これから西国巡礼の旅に参ります。再び参ることができるかどうかわかりませんが、富蔵、八丈島に帰りましても、島よりお父上のご冥福を生涯お祈りいたします)

富蔵はそう呟き、念仏を唱えた。

陽が輝き、湖水と空が真っ青に澄んでいた。

七月十三日のことであった。

七月二十五日、富蔵は、再び大坂の昂蔵宅へ飄然と立ち寄った。そして、四日間止宿した後、西国巡礼の旅に出ると言った。昂蔵と照子は、富蔵が困窮する千代野と利千を放ったらかしにして旅を続けることに内心呆れていたが、そうせざるを得ない富蔵の仏心と徹底さに感心した。

（凝り性というか、そうした徹底さがなければ、伯父上はとても『八丈実記』のような膨大な書物を書けなかっただろう。その点は、余人の真似できない貴重なことだ。しかし、ご高齢でもあり、旅の途中で倒れられることがないとはいえない。それでも西国巡礼の旅に出ようとされるのは、伯父の悲しい宿命かもしれない……）

そう思うと、昂蔵は、逆に富蔵に深い同情を抱き、伯父の無事を祈る気持になった。そして、昂蔵は、再び家にありあわせの金を渡して富蔵を送り出した。

富蔵はくたびれた僧衣をまとい、真夏の日射を浴びながら出発した。

富蔵は、摂州の天王寺に最初に詣でてから、宿を無償で提供してくれる家に泊めてもらったり、野宿したりしながら、西国三十三カ所の寺巡りを続けた。そして、八月二十二日に念願の熊野権現那智山青岸渡寺《せいがんとじ》に参詣した。ここで普門品の念仏を唱えた後、山腹にある那智四十八滝の水しぶきに見とれ、法悦に浸った。

だが頑丈な身体とはいえ、七十七歳の高齢の身には、野宿したりする旅の苦労はさすがに身にこたえた。富蔵は、那智山からの帰路を海岸沿いに田辺へ出る熊野街道にとったが、途中で近道の山道に変えた。しかし、八月三十日に紀伊の城村《じょうそん》で食中毒にかかった上、宿泊を断わられて野宿したのが悪く、城村から小川村へと山道を歩いていた時、人事不省に陥ってしまった。富蔵は、死を覚悟して路傍に横たわっていた。この時、通りかかった者に助けられ、一命をとりとめることができた。しかし、一週間寝込んでしまった。

こうした難渋の巡礼から、十月六日に昴蔵宅に帰省した時、富蔵の顔は日焼けしてどす黒く、身体は痩せていた。が、富蔵の仏心はますます深まっていた。

昴蔵と照子は、驚き呆れながら、富蔵を心からいたわった。

「どうぞ、拙宅でゆっくり身体を休めて下さい」

二人は勧めた。

しかし富蔵は、千代野と利千のことがさすがに気にかかっていた。気にし出すと、居ても立ってもいられなくなった。そこで明日東京に帰ると言い出した。

昴蔵と照子は、再び驚き呆れた。だが、いったん言い出したら引き退らない富蔵である。

「お体のほうは大丈夫なのですか」

照子が心配して聞くと、

「すべて御仏にお任せしてある。照子さん、心配せんでよい」

と、富蔵は言った。

昂蔵は、路銀にと、苦しい中から再び金子を与えた。昂蔵と照子は、低く念仏を唱えながら飄飄と去って行く富蔵の姿を、見えなくなるまで見送っていた。

その日、富蔵は大和大路の宿屋で一泊し、翌八日には大津で一泊した。

しかし、翌朝、富蔵は東の地に向かわず、大津から船で湖西に向かった。急に気が変わり、今一度、今度こそは最後の暇乞いをするために、大溝の地に行くことにしたのである。父重蔵が呼び寄せているように思われるのだ。

船は小波を描きながら、淡い陽光をうけて紺青に澄む湖を、順調に進んで行った。

円光禅寺に着いた時にはすっかり暗くなり、寺の四囲は静まりかえっていた。

「西国巡礼を終えて東京に戻る途中でしたが、大溝の地を忘れ難く、またもや立ち寄りました」

そう言って頭を下げる富蔵に、峨山和尚は驚きながらも、喜んで迎え入れた。

翌日、富蔵は、再び父の墓前にぬかずいて最後の暇乞いをした。それから、懇意にしてもらった横田秋蔵などを訪ね、二日後に大津へ船で向かって行った。

富蔵は、もう内地には未練はなかった。永年の悲願を果し、その上に西国巡礼もなし遂げたからには、何も心残りはなかった。そして、西国巡礼の時と同じように、宿屋や無賃で宿を提供してくれる者の家に泊まったり、野宿したりしながら、十一月中旬に操宅に辿り着いた。

十六　帰　島

千代野は涙ぐんで富蔵を迎えた。

操宅は以前にもまして経済的に苦しく、千代野と利千は、可哀相なほど遠慮して生活していた。千代野は前より痩せていた。

「お父さま、八丈島へ帰りたい」

千代野は、顔を曇らせながら、富蔵と二人きりになった時に頼んだ。

利千も明るさを失い、口数が少なくなっていた。

だが富蔵は、旅の疲れから熱を出して寝込んでしまった。

幸い、熱は三日間で平常に戻った。が、富蔵は、操宅に負担をかけずに生活する金と八丈島へ帰る船賃をかせぐ方途を考えねばならなかった。そのために、まず寄留届けと入籍願いを京橋区長あてに差し出し、十二月十九日に入籍許可の通知を受けた。

その年の正月は、侘しいものであった。昨年は昂蔵宅で厚いもてなしをうけ、辻直弘と歌を詠み合って新年を祝うことができたのに、今年は狭い長屋の一室で、操夫婦と近蔵、千代野、利千が肩を寄せ合い、形だけの屠蘇《とそ》を祝った。訪ねてくる客はなく、家の前に門松を立てることもなかった。

「おじいちゃん、今、八丈島はどうなっているだろうね、わしは八丈島へ帰りたくなったな」

食事をしていた時、近蔵が言った。

「なにを言い出すんや。近蔵、お前は東京で働き、将来、出世するんや」

富蔵はどきっとして、近蔵をたしなめた。

「だけど、島は暖かいし、自然に恵まれているので、わしは島が好きや。東京はせせこましくて、ごたごたしている」

大人びた口調で、近蔵が言い返した。

「そうか、そんなに八丈島は良いところかい」

吉助が関心を示した。吉助は土佐出身で、少年時代に土佐湾に面した地で農業を手伝っていたが、一旗上げるつもりで知人を頼って上京したのだった。しかし、成功の目処《めど》はまったく立たず、ずんぐりした中柄の身体に仲士として働く苦労を滲み出していた。

「うん、おじさん、良い所だよ」

「そうか、良い所か」

吉助は、日焼けした素朴な顔をほころばせた。

「こら、近蔵。今言ったように、お前は東京で成功するんや。そのために、島会所で商いを習ってるのやないか。島へ帰るなどと二度と言うな」

自分はやがて島へ戻るが、とは言わなかった。富蔵としては、近藤家を再興する者として、昂蔵と近蔵に期待していた。近蔵の気持はわからないでもないが、自分や千代野はとも角として、近蔵のような若い者が島に帰ったら、将来が閉ざされてしまうだけなのだ。それに、近蔵には島での生活の厳しさがわかっていない……しかし、吉助が島に関心を示したのは、今の生活が苦しいからだと痛く感じた。そう思うと、富蔵は、居候している身が辛く思われ、正月気分になれなかった。

松のうちがあけると、富蔵は、加藤仁兵衛を訪ね、近江の地へ出発した時に援助してもらった礼を述べ、今後の身の振り方を相談した。

仁兵衛は、富蔵の苦労を察し、親身に考えてくれた。

「富蔵さん、わたしが現役で働いていたら、必要な資金を援助して差し上げることができるのに残念です。どうでしょう、わたしが紹介状を書きますから、両国橋の宇喜多安一宅を訪ねてみられたら……同家では、家系図の整理などをしてくれる人を探しておられましたから」

仁兵衛の申し出は、富蔵を喜ばせた。宇喜多家といえば、妻の逸も同家の流れを汲む子孫であった。

「仁兵衛さん、ぜひお願いします。何ごとにつけ、困った時にお力になっていただき、申し訳ありません」

「いいですよ。……それにしても、富蔵さんが再び島へ帰ろうと思っておられるとは驚きましたよ。しかし、よく考えてみると、富蔵さんは島の生き字引きのような存在だし、恐らく島の人たちは、あなたが帰ってくるのを待っているでしょう。明治の御代になったとはいえ、東京での生活は厳しいですからね」

「わたしは、父と逸の霊を弔い、念仏一途に過ごしたいのです」

仁兵衛は深く頷いた。

その夜、富蔵は、勧められるままに仁兵衛宅に泊まった。

仁兵衛は、大溝での墓参のこと、西国巡礼のことなどを詳しく聞き、富蔵の仏心に改めて感嘆した。

翌朝、富蔵は、紹介状を持って宇喜多安一を訪ねた。

安一は、逸が宇喜多家とつながりがあり、また富蔵が『八丈実記』を著わしたことを知り、快く迎えてくれた。

安一は、かなり手広く金具商を営んでいて生活に余裕もあり、富蔵に専用の部屋をあてがって仕事をさせてくれることになった。

富蔵は、家系図や古文書を整理したり、仏具を磨いたり、家具を修理したりする雑用をするとともに、同家の蔵書を次々に読みこなした。

安一の家族たちは、富蔵の器用さと読書力にすっかり感心し、富蔵を大事にした。

富蔵は宇喜多家に一カ月ほど滞在した後、次に紹介された浅草の入谷東蓮寺で仏具修理の仕事をした。

だが、この頃、富蔵は疥癬《かいせん》に悩まされるようになっていた。皮膚がかさかさになり、指は白く鱗だち、むず痒くて眠れない夜もあった。

仁兵衛は、富蔵が疥癬に悩まされているのを知ると、またもや救いの手をさしのべてくれた。薬をとり寄せてくれたり、仁兵衛宅から薬湯に通わせてくれたりしたのである。

そのお陰で、三月に入ると、さしもの疥癬も直りはじめた。富蔵にとって仁兵衛は、まさに仏の化身《けしん》であった。だが、厚意に甘えてばかりもいられない。

久しぶりに、富蔵は操宅に戻った。が、その翌日、追い打ちをかけるように、山梨県甲府飯沼へ転勤になっていた昂蔵から、三月六日付の書信が操あてに届けられた。それは、弟熊蔵の死を知らせる悲報であった。

「父守信儀、病気の所、養生相かなわず、本日午前九時死去致し候間、此段御通知に及び候也。富蔵様は勿論、千代野様方へも御通知くだされたく、此段相願ひ候也」

富蔵は、手紙を食い入るように読み、鎗が崎の事件以来生き別れした熊蔵の冥福を祈った。熊蔵が一家離散して辿ったであろう苦難の人生を思うと、富蔵は詫びずにはいられなかった。しかし、幸いにも、熊蔵は昂蔵という立派な長子に恵まれたのだ。近藤家は昂蔵が興してくれよう。それがせめてもの救いのように富蔵には思われた。

富蔵は、千代野と利千を連れてできる限り早く八丈島へ帰ろうと思った。これ以上、誰にも迷惑をかけたくはなかった。

(わしも死に支度をしなければならない。しかし、わしの死に場所は八丈島しかないのだ……)

昂蔵あてに悔み状を書いた後、富蔵はそう呟いた。

明治十五年の夏、富蔵と千代野と利千は一年半ぶりに八丈島へ帰ってきた。帰島の海は、離島の時とはうって変わって平穏であった。黒潮の潮流も、幸い荒れ狂うことはなかった。

清陽丸が三根の神湊港に近づいた時、富蔵は、前に鹿島則文と共に八丈八景を選定して詠んだ歌を想い起こした。

帰るさを導き給ふ航路とて
その元乗の神港の浜

神港に帰る白帆や秋の風

本土では遂に則文に会いに行く機会はなかった。近江の地への墓参と巡礼の旅に明け暮れ、その後は病む身になって仁兵衛の世話になった。聞くところによると、則文は今、鹿島神宮の大宮司として重きをなしているという。『八丈実記』が日の目を見たことを、則文はどんなにか喜んでくれていることであろう。

富蔵は懐かしさに満たされながら、食い入るように、刻々と近づく港の方を見つめた。陽光を浴びた夏の海は銀色に輝き、中空に聳える八丈富士は、どっしりと安定した姿を見せていた。

（この島が、やはりわしの死に場所だ……）

父が眠る近江の地には、今も深い愛着はあったが、その思いを胸に温めながら、この島で念仏一途に残る命を生かさせてもらうのだ。

千代野も懐かしさを表情一杯に表わして、港を見つめていた。

利千は、千代野の手をしっかり握りしめている。

船が着岸した時、それまで手を振って待機していた島人たちの間にざわめきが起こった。

「近藤爺が帰島してきたぞ」

「富蔵さんが帰ってきた」

村人たちが驚きの声をあげて迎えた。その中には、高橋鉄之助も、持丸利三郎もいた。

「よく無事に帰ってきた。待っておったぞ。しかし、すこし痩せたようだな」

利三郎は、利千を抱き上げながら千代野に言った。それから富蔵に笑顔を向け、

「よう帰ってきてくれましたな」

と言った。

鉄之助も相好を崩し、

「近藤爺、よう帰島してくれた。わしはそなたがいない間、寂しかった。それにしても、よく帰ってきてくれた。今夜は拙宅で泊まるがよい。ゆっくり本土のことも聞きたいでな」

他の村人たちも、富蔵が、くたびれた僧衣姿で無一物になって帰島したことを軽蔑するどころか、逆に、温かく迎え入れてくれた。赦免されて本土に帰った流人で島に戻ってきた者は、これまでに文六という男が一人いただけであり、富蔵の帰島は一種の感動を呼んだのである。文六は、寛政八年（一七九六）に流罪になり、文政九年（一八二六）に赦免になって帰国したが、本土での生活が苦しく島への愛着もあって、五年後に願い出て島に戻り、天保十年（一八三九）七十四歳で島で亡くなっていた。

千代野と利千は、早速、利三郎に引き取られて世話を受けることになった。利三郎は村の年寄役を勤めて、村人から人望もあり、富蔵は喜びもし、安心もした。もしも利三郎が、二年近くのあいだ家を空けていたことを理由に千代野を迎え入れてくれなかったら、住む家もなく富蔵は難渋するところであった。富蔵が以前に住んでいた三根村の川ノ平にあった小屋は、すでに片づけられ、雑木や草が繁っていた。

その夜、富蔵は、鉄之助と夜晩くまで話し合った。

鉄之助は、富蔵が墓参のことや西国巡礼、加藤仁兵衛のことなどを話すのを熱心に聞いていたが、富蔵の仏心に改めて感心し、

「どうだろう、明日にでも長楽寺に行き、大誠和尚に頼んで尾端観音堂の堂守にしてもらったら……丁度、観音堂は無人だし、念仏一途に送るのにはぴったりと思うが」

と助言した。

「もし和尚さんが許してくださったら、わたしとしては願ったりかなったりです」

富蔵は熱意を表わして言った。

翌朝、富蔵は、中之郷村の長楽寺へ大誠和尚を訪ねた。

和尚は八十歳すぎの高齢になっていたが、背筋をシャンと伸ばして健康そうであった。

和尚は富蔵の申し出に快く応じた。

「富蔵さんはお父上の墓参りも果されたし、西国巡礼もなされた。ご立派じゃ。おんしは観音堂の堂守として格好のお人じゃ」

「ありがとうございます。和尚様、僭越ではございますが、これからもわたしを和尚様のお弟子としてお導き下さい。富蔵、残されました命を、父と逸の霊を弔いつつ、謝恩に生

きとうございます」

和尚は微笑んで頷いた。

富蔵は嬉しかった。かつて父重蔵の死を知った時、三日間こもった観音堂の堂守にしてもらえたことは、父の導きによるものとも思えた。

しかし、堂守といっても収入があるわけではない。富蔵は、観音堂のすぐ近くに庵を構えた。辛うじて雨露をしのぐことができる粗末な小屋であった。

富蔵は自らを「有無莽不名《ゆうむあんふめい》」と名のり、観音堂にこもって父と逸の冥福を祈り、念仏を唱える日が多かった。「有無莽不名」というのは、財も名もなく、草深い庵に住んでいる者という意味である。が、生活の資を得るために、富蔵は、彫刻物や自筆の絵を張った二枚屏風などを仕上げ、それを村人に売りに歩いた。大工仕事や石垣積みの仕事は、もはや富蔵の年齢と身体では無理であった。

村人たちは、屏風を背負って村々を売り歩く富蔵に親しみ、

「近藤爺」とか、

「近藤爺さん」

と呼んで親しんだ。

しかし、島の生活は大きく変わってきていた。牛を殺すことと食肉が一切禁止されていた島に、牛肉屋までできていたことが富蔵を驚かせた。人口も一万人近くになっていた。が、東京などと違い、依然として、島全体が大自然と素朴な人情に息づいていることが、富蔵に安らぎを与えた。

詩歌も折にふれて作った。

もう言はじ書かじと思ひ思へども
またあやなくもしめす水茎

我ままの其の源をたずぬれば
知恵の足らぬと無慈悲より出で

むさぼりとへつらふ世には賢きは
山の奥にぞ墨染の袖

さ夜ふけて松の時雨《しぐ》るる尾端かな

全くの独り身で貧しい生活ではあったが、富蔵の心は平和であり、生かされる謝念に満ちていた。

だが、富蔵が帰島した翌年、父の後を追うように、操と夫の片岡吉助が、新たにもらった養子・養女の子ども二人を連れて帰島してきた。

「お父さんが帰島されてから、身の振り方をいろいろ相談したのです。東京にこのまま残っていても生活は苦しいだけで、先の見込みが立たないので、思いきってお父さんの居られる八丈島へ帰ろうと決めたのです。うちの人も全面的に賛成してくれましたし、わたしは機織りや女中仕事などやり、この人は農事をやって生計を立てたいと思うのです」

操は帰島したその直後に、観音堂にいる富蔵を訪ねてきて今後の計画を述べた。

操の言葉に吉助は頷き、

「わたしは一生懸命に農地を開拓します。わたしは農業が好きなのです。よろしくお願いいたします」

吉助は熱意をこめて言った。

（馬鹿な、島での生活条件はそんなに甘いものではないぞ。操はそんなことをよく知っておろうが……）

そう富蔵は言いたかったが、言葉を呑み込んだ。富蔵の脳裡には、天保の飢饉の時のことが浮かんでいた。富蔵は、しばらく無言で、吉助と操を見つめていた。

「まあ、しっかりやるとよい。しかし、はっきり言っておくが、わしはもう、お前たちの力になることはできないぞ」

「ええ、お父さんにはご迷惑は決しておかけしません」

操はきっぱりと言い、吉助は頷いた。

富蔵は二人の子どもに目をやった。二歳の幼女と五歳の男の子である。吉助と操に子どもが生まれないので貰ったのであろうが、苦しい家計を考えずに養子を貰う大胆さに、富蔵は内心苦笑した。しかし、二人の子は、あどけない顔で富蔵を見つめていた。

「近蔵はどうしている」

「近蔵も帰りたがっていたのですが、お父さんに言われたことを守り、内地に留まって島会所に勤めています」

操の言葉に、富蔵は頷いた。

相談の結果、操夫婦は、もと流人が残しておいた大賀郷村の小屋に住むことになった。

翌明治十七年の春、島会所に勤めていた近蔵も、東京での生活の苦しさと孤独感に耐えられず帰島してきた。

富蔵は寂しかった。東京に誰も身内がいなくなったばかりでなく、近蔵に寄せた近藤家再興の夢も断たれてしまった。今は昂蔵に託すほかはない。しかし、それも運命のいたすところであり、今更じたばたしてもはじまらないと富蔵は思い直し、近蔵に叱言をいうことはしなかった。

近蔵は、千代野の夫持丸利三郎の養子として入籍し、利三郎から僅かばかりの土地を分け与えられ、分家して三根村で農業を営むことになった。

だが、富蔵が案じた通り、操夫婦の生活は厳しかった。

吉助は、八丈富士の山麓で開墾を始めていたが、岩石の多い荒地では思うように開墾できなかった。そのため、生活の資は、黄八丈織りや他家への手伝いに行ってかせぐ操の働きに頼る始末になっていた。吉助は山へ仕事に出かけては嘆息し、太平洋の大海原を眺めて、小笠原諸島のことに思いを馳せることがあった。

その頃、小笠原諸島は明治十三年に東京府の管轄になり、小笠原諸島の開発移民の事業が島民の関心を惹きつけ始めていたのである。

帰島してから間もなく、近蔵も、吉助と未知なる小笠原諸島についてたびたび語り合うようになった。近蔵は、利三郎から分けてもらった畑を耕作するだけでは生活できないので、炭を焼いたり、山畑の開墾をしたりしていたが、東京の島会所に勤めて商業を志してきた身には、やはり農事は厳しすぎた。それに近蔵は、物ごとに神経過敏な性格であった。

しかし、富蔵は、吉助や近蔵の生活と思惑にまったく関心を示さなかった。また二人とも、そのようなことを富蔵に打ちあけるのは、到底できなかった。

富蔵は、これまでにもまして念仏に打ち込むとともに、高橋鉄之助とも相談して『白玉文集』第一巻を作った。それは、八丈島民と流人および自分の詩文を集めて、まとめたものであった。屏風を持って村を歩いた時や、村人に呼ばれて家に行った時などに、詩文が散逸してしまわぬように依頼されたためでもあった。村人に喜ばれて、富蔵は嬉しく、続けて、第二巻・第三巻もまとめるつもりであった。

だが、富蔵の心に重くのしかかることが起こった。それは千代野の病気であった。

千代野は帰島以来、身体の不調をかこっていた。母の逸に似て素朴で働き者だが、機織り仕事をし、農事を手伝う千代野には生気が見られなかった。利三郎との仲は良く、利千も元気に成長していたが、慣れない旅と東京での生活が千代野を疲れさせ、千代野は胸を冒されていた。そして、近頃、べったり床にふすようになっていたのである。

富蔵は、千代野と利千を内地へ連れて行ったことを深く悔いた。足手まといになるために、西国巡礼が終るまで操夫婦に二人を預けたままにしていた。巡礼を終えて東京に帰ってからも、二人のために何もしてやることができなかった。富蔵自身が、旅の疲れと悪性の疥癬に悩まされていた。それに無一文であった。富蔵はやむなく、加藤仁兵衛の世話になって薬湯治療を続けた。そのため、千代野は、肩身の狭い思いで女中などをして暮していた。その時の心身の疲れが出たのだと思うと、富蔵は、烈しい後悔と自責の念に襲われるのである。

千代野が倒れてから、富蔵は、観音菩薩に願をかけ、観音堂の欄間に扁額を奉納することを決めた。木を削り、毎日丹念に彫刻をする富蔵の姿が見られるようになった。

だが、八十三歳になった富蔵の体は、昔のように無理がきかなくなっていた。六尺の身体は前かがみになり、頬は痩せ、慈味を湛えた目だけが生気を放っていた。

明治二十年五月の末日、午後から降り続いていた雨は、夜になってもやまなかった。尾端観音堂の周囲一帯に繁茂した松の木や雑木が風でざわめき、観音堂のトタン屋根が雨音を立てていた。

（今夜も雨だな……）

富蔵は彫刻の手を止めて耳をすました。願をかけて作り始めた扁額は、八分通りできていた。富蔵は泊まりこんで、それを仕上げようと懸命になっていた。

その時、一首が浮かんだ。

　　鴫《しぎ》山や松より松に吹く風に
　　　小雨音添う夜半の淋しさ

紙にそれをしたためてから、富蔵は眼をつむった。

（……千代野、必ず良くなってくれ。逸に代わって長く生きてくれ。……御仏よ、お願い申します……）

そう呟いてから、富蔵は眼を静かにあけ、再び気力を奮い起こして彫刻を始めた。少し悪寒がしていた。

雨が烈しくなってきた。太平洋から吹きつけてくる風も風度を増していた。

その時、どん、どん、どんと、御堂の入口をたたく音がした。

富蔵は嫌な胸騒ぎを覚えた。戸をあけると、蓑笠をつけた近蔵が、息を弾ませ、

「お祖父《じい》さん、大変だ。お母さんが危篤です。今、利千が付き添っています」

顔から血の気が失せ、富蔵は唇をふるわせた。

「そうか、すぐに行く」

富蔵はよろけるようにして立ち上がった。

「お祖父さん、大丈夫か。顔色がひどく悪いよ」

富蔵はふるえる手で蓑笠を着、近蔵に抱きかかえられるようにして、千代野の家へ急いだ。千代野は、利三郎の家の隔離した一室で臥していた。

だが、そこへ行くまでの路は、富蔵にはきつかった。風が嘆き悲しむかのように音をたて、松の間を通り抜けて行った。何度も富蔵は倒れそうになった。しかし、ようやく辿りついた時、千代野の息はすでに絶えていた。

利千が烈しく泣きながら、遺体に抱きついていた。

「千代野」

富蔵はうめくように言った。

「千代野……お前はわしをおき、先にお逸のもとへ逝《い》ったのか」

富蔵は、千代野の手を握りしめて嗚咽《おえつ》した。

千代野の法名は「浄誉知貞信女」、葬儀は持丸利三郎を喪主として執行された。

お通夜と野辺の送りを済ませた時、富蔵は虚脱したようになり、口数も少なかった。

「お祖父さま、お顔色が悪く、疲れていらっしゃるようだけど、大丈夫？」

利千が気遣った。

利千は、すっかり娘らしくなっていた。

富蔵は、大丈夫だという素振りを示した。

利三郎も気遣い、泊まって休んで行くように勧めた。

しかし富蔵は、庵に帰って独り静かに念仏を唱えたかった。そこで元気を装って帰って行った。だが、庵に着くなり、倒れこんでしまった。

富蔵はすでに死を覚悟していた。このまま独りで八十三年間の生涯を閉じようとも、悔いはなかった。父重蔵と熊蔵、逸と千代野、弁太のもとへ自分も行くのだ。近藤家の再興を願って高田から帰り、大罪を犯して家を没落させたが、父は許していてくれるように思えた。若い昂蔵もいるのだ。近藤家は決して絶えまい。

富蔵は、熱に浮かされて近江の地をさまよっていた。

「富蔵、ようきてくれた。苦しみに耐え、よくも生き抜いて訪ねてきてくれた。お前もわしの血をひき、容易に他人には真似のできない膨大な『八丈実記』を書いた。お前もわしも、世に容れられず、重荷を背負って悲運のうちに生きたが、共に精一杯に生涯を歩んだのじゃ。さあ、共に、ゆっくり休もうぞ」

父がこう言って招いていてくれるように、富蔵は思った。

逸と千代野も優しく招いていた。

富蔵の痩せて黒ずんだ頬に微笑みが浮かんだ。富蔵は仏が照らす金色の光に包まれていた。が、その光は徐々に消えて行った。

千代野が亡くなった日に荒れていた空も、この日はカラリと晴れわたり、陽光はひっそりとたたずんだ庵を照らし、八丈島の海は穏やかに凪いでいた。

富蔵の遺体は、近親者や富蔵が親しくしていた村人たちに見送られて、三根村川ノ平の浅沼家の墓地（大正十二年に同村の共同墓地に移されたが）に葬られた。法名は「有無蕣釈不名居士」であった。

（余録）

富蔵が死んでから四カ月余り後の十月二十日、東京府は、『八丈実記』六九巻のうち二九巻を買い上げ、その代金を近蔵に交付した。

近蔵は三年後の明治二十三年、新天地を求めて小笠原諸島へ渡り、操夫婦も続いて近蔵の後を追って島を去った。利千は、富蔵と逸と千代野の霊を島で弔っていたが、後に大賀郷村の奥山豊三郎と結婚し、利千夫婦も八丈島を去って南洋へ渡って行った。

（終り）

あとがき

十数年前、散歩をしていて、私が住む町に眠る北方探検の英傑近藤重蔵の墓前に立った。その時、栄光と波瀾に満ちた重蔵の生涯の終わりが、近藤家の改易と大溝藩への預かり人という悲傷な状況にあったこと、しかし、その悲傷な状況の中にあっても、重蔵は二ヵ年有余を生き抜いて『江州本草』を著わしたことを思い、その力がいったいどこから出てきたのか、耐え難い日々に何を思ったのか……そうした重蔵の内面のドラマと生涯の足跡を確かめたいという強い衝動に駆られた。

それ以来、私は、折りに触れて重蔵についての資料を集め、史実を詳細に調べて行った。その過程で、重蔵の長子である富蔵のことを知った。富蔵は罪を犯してお家断絶の因を作り、父重蔵を罪に陥れた不肖の息子ではあったが、流罪地の八丈島で八十三歳まで生き抜いて『八丈実記』を書き上げ、赦免後には再三父の墓を訪れている。『八丈実記』は、八丈島の民俗と歴史を語る一級品の大著である。しかも、重蔵と富蔵という、スケールの大きい波瀾万丈の生き方をした親子の関係が、愛憎に彩られたものであることを知った。これを確かめた時、現代に通じる切実なテーマに迫り得るのではないかと思った。私はそこに視点をおいて筆を進め、『波濤』と題する小説を書いた。

しかし、その執筆の時から歳月が流れ、重蔵が作った漢詩の解釈やストーリーの展開などに手を加えて改訂したいと思うようになった。そこで、私が属している文学同人誌「滋賀作家」に大幅に加筆して改訂したものを連載し、この『波濤』を新たに仕上げた。

今日、重蔵は、北方探検の英傑、探検の偉大な先駆者の一人として注目を浴びてきている。墓を訪れる人も増えてきている。しかし、まだまだ重蔵と富蔵親子のことを知らない人が多い。その意味でも、本書が読者に二人の親子関係と共に、その稀有な生き様と生涯について知ってもらうことに役立つならば幸いである。

二〇〇五年 初春

著者

〈主な参考図書・資料〉

『北方史入門』吉田武三　伝統と現代社
『蝦夷から北海道へ』吉田武三　北海道新聞社
『郷土史事典北海道』高倉新一郎監修　昌平社
『先駆者と北海道』黒田孝郎・遠藤一夫　北海道新聞社
『えぞ地の開拓』第一巻　理論社
『近藤正齋全集』（全三巻・復刻）　國書刊行會編　第一書房
『近藤重蔵』小野金次郎　教材社
『高島郡誌』滋賀県高島郡教育会
『大日本近世史料　近藤重蔵蝦夷地関係史料　1』東京大学史料編纂所編　東京大学出版会
『近藤重蔵とその時代』（冊子）近藤啓吾
『近藤重蔵の史料』（冊子）山口静子　東京大学資料編纂所報第一八号
『近藤重蔵の生涯』近藤重蔵翁顕彰会
『歴史読本』昭和五十五年六月号「救民を唱えた儒者」酒井一　新人物往来社
『大塩平八郎』宮城公子　朝日新聞社
『日本歴史大辞典』　河出書房新社
『最上徳内』島谷良吉　吉川弘文館
『近藤富蔵』小川武　成美堂出版
『八丈実記』（全七巻）近藤富蔵　緑地社
『八丈島流人銘々伝』葛西重雄・吉田寛三　第一書房
『島の人生』柳田国男　創元社
『近藤富蔵』二〇〇三年改訂版　八丈島教育委員会
『菜の花の沖』（全六巻）司馬遼太郎　文藝春秋社

〈近藤重蔵略年譜〉

年号	西暦	年齢	重蔵の事蹟	関連参考事項
明和 八	一七七一	一	江戸駒込鶏声ヶ窪で生まれる。父右膳守知。先手与力。母美濃の三男。幼名円次郎、号は正齋、名は守重。	
安永 七	一七七八	八	「孝経」をそらんじ、神童と呼ばれる。	・ロシア人、二艘の船で根室にきたり、通商を求める。
天明 七	一七八七	一七	同志と白山義学塾を開き、子弟に教える。	・その頃、最上徳内はエトロフ、ウルップ島探検、林子平は『海國兵談』を著わす。
寛政 元	一七八九	一九	先手与力見習となる。	
〃 二	一七九〇	二〇	家督を相続し、先手与力本役となる。	・最上徳内『蝦夷草紙』を著わす。
〃 三	一七九一	二一	勲功により白銀を賜わり、十人加増。	
〃 四	一七九二	二二		・アダム・ラックスマン、漂流民幸太夫他二名を伴い根室に来航。林子平処罰。
〃 六	一七九四	二四	二月湯島聖堂で学問試験を受け、最優等で合格する。	
〃 七	一七九五	二五	長崎奉行手付出役となる。『清俗記聞』『安南紀略』『紅毛書』等を著わす。	・魯人、ウルップ島へ来航。

寛政 九	一七九八	二七	十二月、支配勘定に転任。関東郡代付出役となる。蝦夷地取り締まりについて進言する。	・英人ブロートン、樺太の西海岸を探査。
〃 一〇	一七九八	二八	三月、松前蝦夷地御用取扱に命じられる。『憲教類典』著述。四月蝦夷地探検に出発し、最上徳内、下野源助らと共に、クナシリ、エトロフ島に渡る。エトロフ島の丹根萌に「大日本恵登呂府」の標柱を立てる。	・幕府、蝦夷地守衛に動く。 ・木村謙次（下野源助）、『酔古日札』を書く。
〃 一一	一七九九	二九	二月、探検から帰府し、三月に再び探検に出発する。高田屋嘉兵衛らと共にエトロフ島の開発に尽くす。同島のカムイワッカオイに「大日本恵登呂府」の標柱を立てる。	・幕府、松前藩の領を割き、箱館以東千島を東蝦夷地として仮直轄とする。 ・間宮林蔵、村上島之丞と共に蝦夷地に渡る。
〃 一二	一八〇〇	三〇	十二月に帰府。	・伊能忠敬、蝦夷地を測量。
享和 元	一八〇一	三一	二月、第三次の蝦夷地探検に出発、十一月に帰府。蝦夷地御用専任を命じられる。	
〃 二	一八〇二	三二	四月から十二月にかけて第四次探検。	・幕府、東蝦夷地直轄のため、箱館に蝦夷奉行所を設置。
〃 三	一八〇三	三三	一月小普請方を命じられる。	・魯人、ウルップ島に滞在。
文化 元	一八〇四	三四	『西蝦夷地上地処分方ならびに取締法』建議、『辺要分界図考』を著わす。	・九月にニコライ・レザノフ長崎に来航し、通商を求める。
〃 二	一八〇五	三五	長子、富蔵出生。	・三月レザノフ帰国。

〃　四	一八〇七	三七	六月西蝦夷地探検に出発し、利尻島に渡る。帰途、石狩の奥地を探索し、十二月に帰府。将軍家斉と単独謁見を許される。	・ロシアの海軍士官ボストーフとダビドーフ、エトロフ島を侵攻し、利尻島も荒らす。 ・幕府、松前藩の西蝦夷地を直轄する。
〃　五	一八〇八	三八	書物奉行に抜擢され、十年余勤める。	・最上徳内、松田伝十郎、間宮林蔵、樺太に航す。 ・フェートン号事件。
〃　六	一八〇九	三九		・間宮林蔵、樺太が島であることを確認する。
〃　七	一八一〇	四〇	『金銀図録』『宝貨通考』を献納。著述と文庫管理に精励する。	
〃　八	一八一一	四一		・ゴローニン事件起こる。
〃　一〇	一八一三	四三	『外蕃通書』（十巻）を著わす。	・高田屋嘉兵衛の努力により、ゴローニン事件解決。
〃　一四	一八一七	四七	紅葉山文庫改修について幕府に上申する。	
文政　二	一八一九	四九	大阪弓奉行に左遷される。大塩平八郎と親交。	
〃　四	一八二一	五一	勤方不相応の故をもって弓奉行を解任され、小普請入差控を命じられ、滝野川に蟄居する。	・幕府、東西蝦夷地を松前藩に返還。
〃　五	一八二二	五二	金沢文庫再興を企て、『金沢文庫考』を著わす。石像安置事件起こる。	・富蔵、越後の仏光寺で修行。

文政 八	一八二五	五五	鎗が崎別荘問題がこじれ、塚越半之助、重蔵に無礼を働く。	・富蔵、高田より帰る。 ・異国船打払令。
〃 九	一八二六	五六	五月、富蔵は塚越半之助ら七人を殺傷する。富蔵は八丈島へ流罪、重蔵は「監督不行届」の責任を問われ、大溝藩分部家へお預けになる。	・南町奉行筒井伊賀守が査問。 ・一八二八年シーボルト事件。
〃 一二	一八二九	五九	六月九日、大溝の地で病没。検死は七月十六日に行われた。	
天保 八	一八三七	重蔵没後 八年		・大塩平八郎の乱。
安政 二	一八五五	二六年		・日露通好条約（下田条約）締結。エトロフ島とウルップ島との間に国境線をおく。
万延 元	一八六〇	三一年	徳川家斉十三回忌に当たり、改易を赦免される。法名「自休院俊峯玄逸禅定門」を贈られる。	
明治 二	一八六九	四〇年		・蝦夷地を北海道と改称。
〃 一三	一八八〇	五一年	富蔵赦免され、重蔵の墓に詣でる。	
〃 一五	一八八二	五三年	富蔵八丈島に帰島し、三根村の大悲閣尾端観音堂の堂守となる。	
〃 二〇	一八八七	五八年	六月一日、富蔵死去。八三歳。	
〃 四四	一九一一	八二年	探検の功により重蔵に正五位が贈られる。	
昭和五六	一九八一	一五二年	一五〇年祭が円光禅寺で営まれる。	

（久保田 作成）

■著書略歴

久保田　暁一（くぼた　ぎょういち）
1929年滋賀県に生まれる。滋賀県高島市在住。
高校教師をへて中部女子短期大学教授・梅花女子大学ほか大学講師を歴任。
現在、フリーライターとして、文学活動に専念。
教育文化誌「だるま通信」主宰。「滋賀作家」クラブ会長。
日本ペンクラブ・日本文芸家協会・日本キリスト教文学会等に所属。

〈主な著書〉
『日本の作家とキリスト教』『三浦綾子の世界』『お陰さまで』『椎名麟三とアルベエル・カミュの文学』『外村繁の世界』等のほか、創作『小野組物語』、その他、教育・文芸評論・随筆書など多数。

波　濤—近藤重蔵と息子富蔵—　（増補改訂版）

2005年6月20日　初版1刷　発行

著　者　久保田　暁一
発行者／岩　根　順　子
発行所／サンライズ出版
滋賀県彦根市鳥居本町655-1
TEL.0749-22-0627　〒522-0004
http://www.sunrise-pub.co.jp/
印刷・製本／サンライズ出版株式会社

ISBN4-88325-280-9-C0023